Osamu Dazai, Memory of Sentences

다자이 오사무, 문장의 기억

다자이 오사무 太宰治
1909년 6월 19일~1948년 6월 13일

본명은 쓰시마 슈지(津島修治). 1909년 6월 19일 아오모리현 쓰가루군에서 7남 4녀 중 열째로 태어났다. 고리대금업을 통해 부를 축적한 집안을 평생 부끄러워하였고, 이는 작품 활동에도 큰 영향을 미쳤다. 도쿄제국대학 불어불문과에 입학하고는 공산주의의 영향받아 좌익 운동에 가담하였다. 1930년 연인 다나베 시메코와 투신자살을 기도했지만 홀로 살아남아 자살방조죄로 기소되기도 했다. 1935년 〈문예〉에 발표한 소설《역행》으로 제1회 아쿠타가와상 차석을 받았고, 1936년에는 첫 소설집《만년》이 출간되었다. 1945년 일본이 제2차 세계대전에서 패망한 후, 1947년 전후 사회의 허무함을 그린《사양》으로 정신적 공황에 빠진 일본 젊은이들에게 열렬한 지지를 받아 '데카당스 문학', '무뢰파 문학'의 대표 작가로 불린다. 1948년 자전적 소설《인간실격》을 탈고한 후《굿바이》를 집필하던 중, 연인 야마자키 도미에와 강에 투신하여 서른아홉 살의 나이로 생을 마감한다.

엮음/편역: 박예진

북 큐레이터, 고전문학 번역가

고전문학의 아름다운 파동을 느끼게 만드는 고전문학 번역가이자 작가이다. 또한, 문학의 원문을 직접 읽으며 꽃을 따오듯 아름다운 문장들을 수집하는 북 큐레이터이기도 하다. 문체의 미학과 표현의 풍부함이 담긴 수많은 원문 문장들을 인문학적 해석과 함께 소개해 독자들이 영감을 받는 것에 만족을 느낀다.

대표적인 작품으로는 "문장의 기억" 시리즈가 있다.
series 1: 버지니아 울프, 문장의 기억
series 2: 안데르센, 잔혹동화 속 문장의 기억
series 3: 셰익스피어, 인간심리 속 문장의 기억
series 4: 다자이 오사무, 문장의 기억

Osamu Dazai, Memory of Sentences

다자이 오사무, 문장의 기억

살아 있음의 슬픔, 고독을 건너는 문장들

Memory of Sentences
Series 4

비참함을 아름답게, 고독을 따뜻하게

다자이 오사무 초상

《사양》 초판본

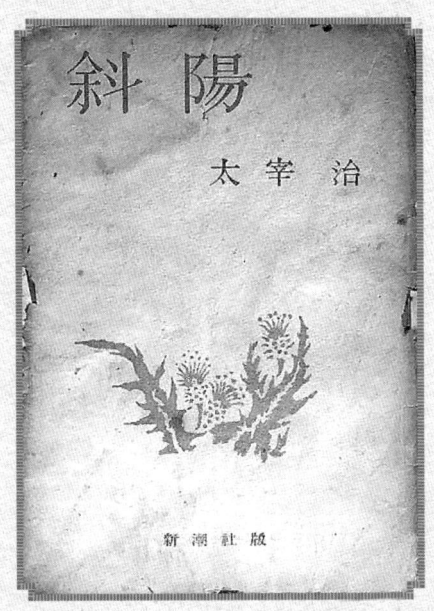

《인간실격》 초판본

《인간실격》 친필 원고

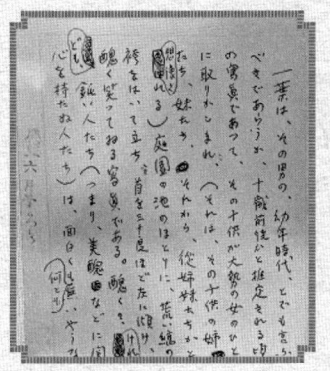 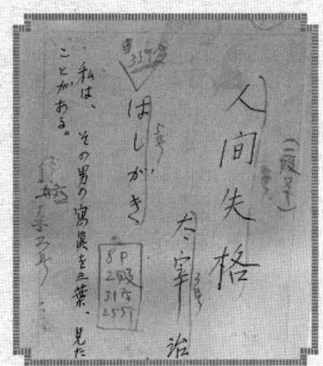

《앵두》초판본

《사랑과 미에 대하여》 초판본

《비용의 아내》 초판본

太宰治

ヴィヨンの妻

《늙은 하이델베르크》 초판본

《여학생》초판본

함께 생을 마감한 연인 야마자키 도미에

프롤로그

무너지며 써 내려간, 인간이라는 병의 기록

밤의 심연을 걷는 사람에게,
작은 문장이 등불이 되기를
눈을 감고 읽어야만 보이는 마음이 있다.
그 마음을 위해, 우리는 다자이 오사무를 펼친다.

사람은 왜 살아가는가.
왜 거짓말을 하고, 왜 상처받으며,
왜 끝내 사랑을 갈구하는가.

다자이 오사무(太宰治)의 문장을 마주하면 인간이라는 존재에 대한 근원적인 물음이 떠오릅니다. 다자이 오사무는 누구보다도 인간의 나약함과 위선을 통렬하게 들여다보았고, 그 파편을 고스란히 글에 남겼습니다.《인간실격》,《사양》,《달려라 메로스》같은 작품들은 그가 시대의 격랑 속에서 얼마나 처절하게 자기 자신과 싸웠는지를 보여주는 심리적 자화상이자, 독자에게 건네는 절박한 구조 요청입니다.

 1914년 일본 아오모리현에서 유복한 정치가 집안의 11남매 중 열째이자 여섯째 아들(첫째, 둘째 형의 요절로 넷째 아들로 성장함)로 태어난 그는, 겉보기에 안정된 삶과는 달리 내면 깊숙이 고독과 소외, 정체성 혼란에 시달렸습니다. 젊은 시절부터 문학과 좌익사상에 심취했고, 거듭된 자살 시도와 마약 중독, 불안정한 연애와 결혼 생활은 그의 삶을 파국으로 몰고 갔습니다. 특히 1948년 출간한《인간실격》에 이르러 그는 더 이상 '자신을 가장한 허구'가 아니라, 자신 그 자체를 글에 토해내며 무너져갔습니다.

 작품이 출간된 지 얼마 지나지 않은 6월 13일, 그는 연인 야마자키 도미에와 함께 도쿄 타마강에 몸을 던졌습니다. 어두운 강물 아래에서 두 사람은 마지막으로 서로를 안았고, 세상은 그들의 고통에 끝내 아무런 대답도 주지 않았습니다. 그의 시신은 6일 후 생일날인 6월 19일에 발견되었는데, 그것은 다섯

번째 자살 시도이자, 향년 서른여덟의 마지막 이별이었습니다.

그러나 다자이의 문학은 단순히 파멸과 허무에 그치지 않습니다. 그는 죽음을 향해 가면서도, 누구보다도 '살고자' 했던 사람이었습니다. "죄인처럼 살면서도, 죽을 용기를 내지 못한 자"로서, 그는 인간 내면의 상처와 이중성, 도망과 회복, 절망과 연민을 누구보다 진실하게 그려냈습니다. 그 때문인지 일본 문단은 그를 '자기 고백 문학의 선구자'라 부르며, 전후 일본의 상실감을 대변한 작가로 평가합니다. 무라카미 하루키는 그를 "자기 파괴를 통해 끝내 인간을 긍정한 작가"라고 회고했고, 문학 평론가 나카노 시게하루는 "그의 글은 상처받은 영혼을 위한 가장 진실한 위로"라고 말했습니다.

다자이의 문장들은 차가운 고독으로 독자를 껴안습니다. 그러나 그 고독은 무너지지 않는 의지로 향하고 있습니다. 《달려라 메로스》의 메로스처럼, 그는 인간의 신뢰와 가능성을 끝까지 붙들었습니다. 아무리 삶이 비극적이라 해도, "사람은 믿어야 한다"라고 말하는 작가. 그의 삶과 문학은 절망을 가로지르며 희망을 말하는 인문학입니다.

이 책은 다자이 오사무의 대표작 속 주요한 문장들을 통해, 그의 내면을 탐색하고 인간 존재에 대한 깊은 질문을 던집니다. 왜 다자이는 끊임없이 자책하고, 사랑하고, 절망했을까요? 그리고 우리는 그의 문장에서 무엇을 깨달을 수 있을까요?

삶에 지친 어느 날, 이 책의 문장 하나가 당신의 마음을 붙잡을 수 있기를, 다자이의 글이 그러했듯이 어두운 밤에도 절대 꺼지지 않는 작은 빛이 되기를 바라며…….

이 책을 살고 싶지 않았지만 끝내 살아내고자 했던 한 영혼의 고백에 바칩니다.

박예진

차례

프롤로그 무너지며 써 내려간, 인간이라는 병의 기록   014

Part.1 부서진 마음의 언어들

1-1 중요한 건 꺾이지 않는 마음   022
　　　斜陽_사양

1-2 나약한 자의 삶은 누가 위로할 것인가   037
　　　人間失格_인간실격

1-3 이미 저지른 일은 돌이킬 수 없다   055
　　　やんぬる哉_어쩔 수 없구나

Part.2 아름다운 것들은 모두 깨지기 쉽다

2-1 삶은 고통스럽지만 아름다운 것   074
　　　女生徒_여학생

2-2 뒤틀린 사랑이 향하는 곳   091
　　　駈込み訴え_직소

2-3 가장 인간다운 가치, 신뢰와 신념   108
　　　走れメロス_달려라 메로스

Part.3 나를 만든, 그러나 이해할 수 없는 사람들

3-1 당신의 연약함은 나의 죄 126
桜桃_앵두

3-2 나를 부르는 익숙한 목소리 141
母_어머니

3-3 고독이 가족을 사랑하는 방식 157
兄たち_셋째 형 이야기

Part.4 희망은 때론 가장 잔인한 거짓말이 된다

4-1 로맨스에 갇힌 희망이란 환영 176
愛と美について_사랑과 미에 대하여

4-2 희생이라는 촛불의 심지 끝, 191
타지 않은 나 자신을 발견하다
ヴィヨンの妻_비용의 아내

4-3 무너진 이상 속에 담긴 현실 206
老ハイデルベルヒ_늙은 하이델베르크

부록   인생은 차디찬 고독이다 221

다자이 오사무 주요작품 연대표 230

Part. 1
비틀린 마음

부서진
마음의 언어들

중요한 건
꺾이지 않는 마음

1-1

斜陽_사양

이야기는 주인공 가즈코의 시점에서 진행됩니다. 가즈코는 귀족의 장녀로 태어나 고귀하고 우아한 삶을 누려왔지만, 아버지가 세상을 떠나고 일본이 패전하면서 생활이 궁핍해집니다. 어머니, 남동생 나오지와 함께 도쿄의 저택에서 살던 가즈코는 경제적 어려움에 점점 더 무기력해집니다. 한편, 나오지는 전쟁에 참전하였다가 실종되며 가족의 충격과 슬픔을 심화시킵니다.

도쿄에서의 생활을 이어갈 수 없게 된 가즈코와 어머니는 결국 저택을 팔고 시골 이즈로 이사합니다. 이즈로의 이사는 과거 누렸던 귀족적인 삶과 작별하고 몰락한 현실을 받아들이는 전환점이 되지요.
새로운 환경은 두 사람 모두에게 낯설고 고통스러웠습니다.

특히 어머니는 과거의 영광을 잊지 못하고 귀족으로서의 품위를 지키고 싶어 했으며, 현실의 가난한 삶에 적응하지 못해 점점 쇠약해집니다. 과거로 되돌아갈 수 없다는 사실이 어머니의 신체와 정신 건강을 크게 악화시킨 것입니다.

가즈코는 어머니를 돌보며 이즈에서의 새로운 삶에 적응하려고 노력했지만, 시골 생활은 그녀에게도 쉽지 않았습니다. 어머니는 과거의 부유하고 우아했던 삶을 그리워하며 점점 더 깊은 우울감에 빠져들었고, 가즈코는 어머니가 점차 병약해지는 모습을 지켜보며 안타까워합니다. 건강이 나빠지는 어머니를 도우면서 그들과 같은 처지의 몰락한 귀족들의 이야기를 읽고 자기 삶을 성찰하기도 하였죠.

sentence 001

気取るという事は、上品という事と、ぜんぜん無関係なあさましい虚勢だ。高等御ご下宿と書いてある看板が本郷あたりによくあったものだけれども、じっさい華族なんてものの大部分は、高等御乞食おんこじきとでもいったようなものなんだ。

잘난 척한다는 건, 품위 있는 것과는 전혀 상관없는, 한심하고 비열한 허세일 뿐이야. '고등 하숙(高等御下宿)'이라고 쓰인 간판

이 혼고 근처에 자주 붙어 있곤 했는데, 사실 귀족이라는 것들 대부분은 말이지, '고등 거지(高等御乞食)'라고 불러도 좋을 정도야.

sentence 002

悪漢は長生きする。綺麗なひとは早く死ぬ。お母さまは、お綺麗だ。けれども、長生きしてもらいたい。私は頗るまごついた。

악당은 오래 살고, 예쁜 사람은 빨리 죽는다. 어머니는 참으로 아름다우시다. 그러나 오래 사셨으면 좋겠다. 나는 몹시 갈팡질팡했다.

sentence 003

そうして私の胸の中に住む蝮みたいにごろごろして醜い蛇が、この悲しみが深くて美しい美しい母蛇をいつか、食い殺してしまうのではなかろうかと、なぜだか、なぜだか、そんな気がした。私はお母さまの軟らかなきゃしゃなお肩に手を置いて、理由のわからない身悶(みもだ)えをした。

내 가슴 속에 살고 있는 살모사처럼 뒹굴며 흉측한 그 뱀이, 이 깊고도 아름다운, 아름다운 어머니 뱀을 언젠가 잡아먹어 버리지는 않을까 하는, 이유를 알 수 없는 그런 불길한 생각이 들었다. 나는 어머니의 부드럽고 가냘픈 어깨에 손을 얹고, 이유

모를 몸부림을 쳤다.

sentence 004

普通の病気じゃないんです。神さまが私をいちどお殺しになって、それから昨日までの私と違う私にして、よみがえらせて下さったのだわ。

이건 평범한 병이 아니었어. 신께서 나를 한 번 죽이고, 그 후 어제까지의 나와는 다른 사람으로 다시 태어나게 해주신 거야.

가즈코의 인생도 어머니 못지않게 비극적이었습니다. 그녀는 한때 결혼을 통해 인생의 행복한 2막을 꿈꿨지만, 남편의 마약 중독으로 가정은 파탄에 이릅니다. 그가 가문의 재산을 탕진하면서 생계를 어렵게 하자 가즈코는 이혼을 선택했습니다. 이혼 진행 중 임신을 알았지만, 아이는 사산된 채로 태어나고 말았죠. 이 일은 그녀의 마음 깊은 곳에 씻을 수 없는 상처를 남겼습니다.

한편 실종되었던 나오지가 오랜 기다림 끝에 가족의 품으로 돌아왔지만, 전쟁 후유증과 마약 중독에서 벗어나지 못하고 있었습니다. 그는 사회에 적응하지 못하고 가족에게도 마음을 열지 않았으며, 과거의 영광을 되찾을 수 없다는 사실에 점점 더 절망에 빠져들었습니다.

자신이 가족에게 짐이라고 여겼던 나오지는 이젠 자신의 삶이 더는 의미가 없다고 생각합니다. 이러한 나오지의 정신 상태는 가족의 분위기를 더욱 무겁게 했고, 가즈코와 어머니에게 또 다른 고통을 주었습니다.

시간이 흘러 어머니의 병세는 더 나빠졌고, 결국 세상을 떠납니다. 어머니의 죽음은 가즈코와 나오지에게 큰 충격을 주었으며, 나오지에게는 특히 더 큰 절망으로 다가왔습니다. 어머니의 죽음 이후 삶의 의미를 완전히 상실한 나오지는 극단적 선택을 하고, 이러한 나오지의 자살은 가즈코에게 또 한 번 커다란 상실감을 남깁니다.

sentence 005

どうしても、もう、とても、生きておられないような心細さ。これが、あの、不安、とかいう感情なのであろうか、胸に苦しい浪(なみ)が打ち寄せ、それはちょうど、夕立がすんだのちの空を、あわただしく白雲がつぎつぎと走って走り過ぎて行くように、私の心臓をしめつけたり、ゆるめたり。

도저히, 더는, 정말로 살아 있을 수 없을 것 같은 깊은 불안감.

이것이 바로 사람들이 말하는 '불안'이라는 감정일까. 가슴속으로 고통스러운 파도가 밀려왔다가 또 밀려가고, 그것은 마치 소나기가 그친 뒤의 하늘을 흰 구름이 쉴 새 없이 몰려다니며 스쳐 지나가는 모습처럼, 내 심장을 죄었다 풀었다 하며 옥죄는 것이었다.

sentence 006

革命も恋も、実はこの世で最もよくて、おいしい事で、あまりいい事だから、おとなのひとたちは意地わるく私たちに青い葡萄^{ぶどう}だと嘘^{うそ}ついて教えていたのに違いないと思うようになったのだ。

혁명도 사랑도, 사실은 이 세상에서 가장 좋고, 가장 달콤한 것이라서, 너무 좋은 것이기 때문에 어른들이 고의로 그것을 '신포도'라고 거짓말하며 우리에게 가르쳐 왔음에 틀림없다고 믿게 되었다.

sentence 007

私は確信したい。人間は恋と革命のために生れて来たのだ。

나는 확신하고 싶다. 인간은 사랑과 혁명을 위해 태어난 것이다.

sentence 008

なぜ、「恋」がわるくて、「愛」がいいのか、私にはわからない。同じもののような気がしてならない。何だかわからぬ愛のために、恋のために、その悲しさのために、身(み)と霊魂(たましい)とをゲヘナにて滅(ほろぼ)し得(う)る者(もの)、ああ、私は自分こそ、それだと言い張りたいのだ。

왜 '연애'는 나쁘고, '사랑'은 좋은지 나는 알 수 없다. 둘은 같은 것처럼 느껴질 뿐이다. 무엇인지 알 수 없는 사랑을 위해, 연애를 위해, 그 슬픔을 위해 몸과 영혼을 지옥에서 멸망시킬 수 있는 자. 아, 나야말로 그런 사람이라고 주장하고 싶다.

sentence 009

おうどんの湯気に顔をつっ込み、するするとおうどんを啜(す)すって、私は、いまこそ生きている事の佗(わ)びしさの、極限を味わっているような気がした。

우동에서 올라오는 김에 얼굴을 파묻고, 우동을 후루룩 들이키며 나는 지금이야말로 살아 있는 것의 쓸쓸함을 극한까지 맛보고 있다는 기분이 들었다.

나오지의 죽음 이후, 가즈코는 가족 중 자신만이 유일하게 살아남았다는 사실을 깨닫습니다. 어머니와 동생이 모두 세상을 떠난 이때, 가즈코는 슬픔과 책임감을 동시에 느낍니다. 그들이 남긴 아픈 기억은 그녀에게 커다란 상처로 남아 있었지만, 그것에만 몰두해 있을 순 없는 노릇이었습니다.

그렇게 가즈코는 더 이상 과거에만 머물지 않겠다고 결심합니다. 자신이 살아 있는 이유를 찾고, 삶을 재구성할 필요성을 절실히 느낀 것입니다. 이러한 마음속 변화를 통해 그녀는 앞으로 나아갈 동력을 찾고, 한 단계 더 성장합니다.

이후 가즈코는 나오지가 생전에 존경했던 예술가 우에하라와의 만남으로 새로운 가능성을 발견합니다. 나오지는 우에하라를 예술적 이상을 구현하는 인물로 여겼으며, 그의 자유로운 정신과 창의적인 삶을 동경했으니까요. 가즈코는 우에하라를 만나면서 나오지가 느꼈던 감정을 이해하고, 자신의 삶을 새롭게 돌아보기 시작합니다.

우에하라는 가즈코에게 단순히 나오지의 친구나 동료 예술가가 아닌 인생의 새로운 방향성을 제시하는 인물로 다가왔습니다. 그의 삶과 예술은 가즈코가 얽매였던 과거에서 벗어나 새로운 출발을 할 수 있도록 용기를 줍니다.

그러던 중 가즈코는 우에하라의 아이를 임신하게 됩니다. 그 아이 또한 그녀에게 단순한 생명의 연장이 아니라, 과거의 슬품을 극복할 용기와 새로운 삶의 목표를 세우게 하는 존재가 되었습니다. 가즈코는 아이를 통해 비로소 자신이 겪었던 상실과 아픔을 비극으로만 남기지 않고 그것을 교훈 삼아 앞으로 나아가기로 결심합니다.

이제 나오지의 죽음 또한 이제 가즈코가 삶의 의미를 되찾고 변화할 수 있도록 방향을 제시한 계기가 되었습니다. 이렇게 아이는 가즈코에게 새로운 출발을 가능하게 하는 희망의 상징이 됩니다.

sentence 010

人はこの世の中に生れて来た以上は、どうしても生き切らなければいけないものならば、この人たちのこの生き切るための姿も、憎むべきではないかも知れぬ。

사람이 이 세상에 태어난 이상 어쨌든 살아내야만 하는 것이라면, 이 사람들이 살아가기 위해 보이는 모습도 미워해서는 안 될지도 모른다.

sentence 011

死ぬ気で飲んでいるんだ。生きているのが、悲しくて仕様が無いんだよ。わびしさだの、淋しさだの、そんなゆとりのあるものでなくて、悲しいんだ。陰気くさい、嘆きの溜

息^{ためいき}が四方の壁から聞えている時、自分たちだけの幸福なんてある筈^{はず}は無いじゃないか。

죽을 각오로 마시는 거야. 살아 있는 게 너무 슬퍼서 견딜 수가 없으니까. 외롭다거나 쓸쓸하다는 그런 여유 있는 감정이 아니라, 그냥 슬픈 거야. 음울한 한숨 소리가 사방 벽에서 들려올 때, 우리만의 행복 따위가 있을 리 없잖아.

sentence 012

いったい、僕たちに罪があるのでしょうか。貴族に生れたのは、僕たちの罪でしょうか。ただ、その家に生れただけに、僕たちは、永遠に、たとえばユダの身内の者みたいに、恐縮し、謝罪し、はにかんで生きていなければならない。

도대체 우리에게 죄라도 있는 걸까. 귀족으로 태어난 것이 우리의 죄란 말인가. 그저 그 가문에 태어났다는 이유로 우리는, 영원히, 예를 들자면 유다의 친척처럼, 겸허했고, 사과했고, 수줍어하며 살아야 하는 걸까.

sentence 013

僕は、もっと早く死ぬべきだった。しかし、たった一つ、ママの愛情。それを思うと、死ねなかった。人間は、自由に生きる権利を持っていると同時に、いつでも勝手に死ね

る権利も持っているのだけれども、しかし、「母」の生きているあいだは、その死の権利は留保されなければならないと僕は考えているんです。それは同時に、「母」をも殺してしまう事になるのですから。

나는 좀 더 일찍 죽었어야 했다. 하지만 단 하나, 엄마의 사랑. 그걸 생각하면 죽을 수 없었다. 인간은 자유롭게 살아갈 권리를 가지고 있는 동시에, 언제든 스스로 죽을 권리도 가지고 있다. 하지만 나는 생각한다. '어머니'가 살아 있는 동안에는 그 죽을 권리는 보류되어야 한다. 왜냐하면 그것은 곧, 어머니까지 함께 죽이는 일이 되어버리기 때문이다.

sentence 014

けれども私たちは、古い道徳とどこまでも争い、太陽のように生きるつもりです。どうか、あなたも、あなたの闘いをたたかい続けて下さいまし。革命は、まだ、ちっとも、何も、行われていないんです。

그러나 우리는 낡은 도덕과 끝끝내 맞서며, 태양처럼 살아갈 생각이다. 부디 당신도 당신의 싸움을 계속해 주기를 바란다. 혁명은 아직, 조금도, 무엇도 이루어지지 않았다.

가즈코는 아이를 통해 가족의 비극을 자신의 일부로 받아들이려 합니다. 과거와 단절하기보다는 그것을 인정하고 자신만의 방식으로 앞으로 나아가겠다는 결심을 굳힌 것이죠. 그리고 그 과정이 자신을 더 강하게 만들어 줄 것이라 믿습니다. 가즈코는 마침내 어머니로서, 그리고 한 개인으로서 아이와 함께할 미래를 구상하며, 우에하라와 현재를 살아가는 데 집중하기로 다짐합니다.

다자이 오사무의 소설 《사양》은 몰락한 귀족 가문의 삶을 통해 전후 일본 사회의 변화와 상실, 그리고 극복의 의지를 담고 있는 작품입니다. 특히 이 작품은 주인공 가즈코의 1인칭 시점으로, 그녀의 내면과 독백을 중심으로 전개됩니다. 귀족적 삶의 잔재를 간직한 채 시대의 변화를 받아들이지 못하는 어머니와 전쟁 후유증과 마약 중독으로 방황하는 동생 나오지 사이에서 그녀는 스스로의 존재와 삶의 의미를 고민하는데, 이러한 그녀의 고뇌와 당시의 시대상이 주인공의 시점을 통해 우리에게 생생하게 느껴집니다.

이 작품은 시대와 개인, 개인과 개인 내면의 갈등을 통해 사회와 인간의 본질을 성찰하게 합니다. 어머니는 귀족적 품위를 지키려 하지만 몰락한 현실에 적응하지 못하고 병들어가는데요. 이는 전통적 가치를 고수하려는 일본 사회의 모습을 보여주는 듯합니다. 또한, 나오지는 전쟁의 상흔과 개인적 실패로 인해 자신을 잃어버리고 끝내 파멸로 치닫습니다. 이는 마찬가지로 일본의 젊은 세대가 패전의 혼란 속에서 느꼈던 무력감과 고통을 대변하는 것 같습니다.

그러나 가즈코는 그들과 다르게 과거에 머무르지 않고 새로운 삶의 방식을 모색합니다. 그녀는 몰락한 가문이라는 유산을 짊어지면서도 이를 극복하려는 의지를 보여주고, 이러한 주인공의 모습은 우리에게 변화와 상실을 마주하면서도 앞으로 나아가는 인간상을 제시합니다.

《사양》은 발표 당시 사회에 큰 반향을 일으킨 작품입니다. 출간 이후 "사양족(斜陽族)", "사양산업(斜陽産業)"이라는 말이 유행할 정도로, 단순한 문학적 성취를 넘어 시대의 감정과 사회적 현실을 정확히 포착한 작품으로 평가됩니다.

가즈코가 겪는 가족과의 갈등, 내면적 고뇌, 그리고 새 생명을 통해 미래를 꿈꾸는 과정은 우리에게도 깊은 공감을 줍니다. 사람들은 종종 과거의 유산과 새로운 변화 사이에서 갈등하며, 자신의 정체성과 존재 이유를 고민하곤 하죠.

우리는 몰락과 상실의 순간에서 자신을 잃고, 삶의 방향을 잃어 왔습니다. 그러나 이 작품은 고통과 상실을 삶의 일부로 받아들이는 과정을 통해 인간이 더욱 강해질 수 있다고 말합니다. 가즈코는 가족의 죽음과 몰락한 가문의 상황에서도 삶을 지속하려는 의지를 포기하지 않으며, 과거의 흔적 위에 새로운 삶을 세우려 하였죠. 이는 우리에게 주어진 도전과 어려움에서도 스스로의 삶을 재구성할 그 가능성을 탐구하도록 영감을 줍니다.

결국 사회적 기대나 외부의 조건에 얽매이기보다 자기 내면을 깊이 성찰함으로써 진정한 정체성을 찾아가야 한다는 것입니다. 현대 사회에서 우리는 종종 성공과 실패라는 이분법에서 자신을 평가하며, 외부의 인정에 지나치게 의존합니다. 그러나 상실과 몰락이 반드시 종말로 이어지는 것은 아니고, 새로운 시작의 가능성이 될 수도 있습니다.

가즈코가 그랬던 것처럼 영감을 통해 자기 삶의 진정한 방향을 찾고, 고통을 성장의 발판으로 삼으면 어떨까요. 중요한 것은 절대 꺾이지 않는 마음이니까요.

🕯 내 문장 속 다자이 오사무

작품의 주제를 담고 있는 아래 문장을 읽고, 자기만의 방식으로 의역하거나 필사하면서 다자이 오사무의 문장을 마음에 새겨보세요.

sentence 015

> 幸福感というものは、悲哀の川の底に沈んで、幽かに光っている砂金のようなものではなかろうか。

> 행복감이라는 것은, 슬픔의 강바닥에 가라앉아 희미하게 빛나는 사금의 알갱이 같은 것이 아닐까.

....

....

....

....

....

....

나약한 자의 삶은
누가 위로할 것인가

1-2

人間失格_인간실격

오바 요조는 어린 시절부터 심각한 소외감과 두려움 속에서 살아온 인물입니다. 외적으로는 부유한 가정에서 태어나 물질적으로는 부족함 없이 자랐지만, 내적으로는 전혀 다른 삶을 살았습니다. 요조의 아버지는 가부장의 전형인 인물로, 차갑고 냉정한 태도를 고수하며 자녀들에게 정서적인 지지와 사랑을 전혀 제공하지 않았죠. 아버지의 통제 아래에서 요조는 언제나 불안에 시달렸으며, 어린 시절부터 자신이 결코 사랑받지 못할 거란 생각에 사로잡혔습니다.

이러한 가정환경은 요조가 인간관계를 불신하고 두려워하게 만듭니다. 요조는 어린 나이에 자신의 내면을 감추고 가면을 쓰는 법을 배워야 했습니다. 자신을 드러내는 것에 대한 두려움은 그를 점점 더 고립시키고, 타인의 시선에 과민하게 만들었습니다. 그럴수록 요조는 타인에게 자신을 내보이는 방식을 철저히 통제하려 애씁니다. 요조는 명랑하고 유머러스한 태도로 주변 사람에게 호감을 샀지만, 이는 진짜 모습이 아닌 철저히 계산된 연기였습니다.

사람들이 요조를 사교적이고 매력적인 인물로 여김에도 요조는 자신이 타인과 다르다는 생각 때문에 소외감에 시달렸습니다. 요조는 타인에게 자신의 초라한 내면을 들키지 않으려 끊임없이 노력하면서도 자신의 실제 모습을 괴물이라고 느끼면서 자기혐오에 빠지죠. 이러한 내면적 고통은 자아를 심각하게 분열시키는 원인이 되었으며, 타인과의 관계에 피상적인 태도로 일관하게 했습니다.

sentence 016

自分は、所謂お茶目に見られる事に成功しました。尊敬される事から、のがれる事に成功しました。

나는 이른바 장난스러운 사람으로 보이는 데 성공했다. 그리고 존경받는 것에서 벗어나는 데도 성공했다.

sentence 017

必ず片手落のあるのが、わかり切っている、所詮㊟しょせん、人間に訴えるのは無駄である、自分はやはり、本当の事は何も言わず、忍んで、そうしてお道化をつづけているより他、無い気持なのでした。

항상 불공평할 것이 뻔했기에, 결국 인간에게 호소하는 것은 무의미했다. 나는 진실을 말하지 않고, 참고, 그러면서 우스꽝스러운 모습을 계속 보이는 것 외에는 방법이 없다고 느꼈다.

sentence 018

互いにあざむき合って、しかもいずれも不思議に何の傷もつかず、あざむき合っている事にさえ気がついていないみたいな、実にあざやかな、それこそ清く明るくほがらかな不信の例が、人間の生活に充満しているように思われます。

사람들은 서로를 속이면서도, 이상할 만큼 아무 상처도 남지 않는다. 심지어 속이고 있다는 사실조차 모른 채, 맑고도 유쾌하게 속고 산다. 그런 눈부시게 선명한 불신의 풍경이, 인간의 삶 곳곳에 가득한 듯하다.

sentence 019

そうして、自分が、彼にまつわりついている間に、自分のお道化は、所謂「ワザ」では無くて、ほんものであったというよう思い込ませるようにあらゆる努力を払い、あわよくば、彼と無二の親友になってしまいたいものだ、もし、その事が皆、不可能なら。

그리고 나는, 그에게 매달리는 동안, 내 우스꽝스러운 행동이 이른바 '연기(ワザ)'가 아니라 진짜라고 그가 믿게 만들고자 온갖 노력을 기울였다. 잘만 하면, 그와 둘도 없는 친구가 되고 싶다는 마음도 들었다. 하지만, 만약 그것이 모두 불가능하다면, 더는 바랄 것도 없이 그의 죽음을 기도할 수밖에 없다고까지 절박하게 생각했다.

청소년기의 요조는 학교라는 규칙적 환경에 적응하는 데 어려움을 겪었습니다. 학교에서 규율을 따르고 모범적인 학생으로 보이려 노력했지만, 그럴수록 점점 더 공허함과 불안감만 커질 뿐이었죠. 친구들과의 관계에서도 진정성을 느끼지 못했으며, 얕은 교류를 유지하는 게 최선이었습니다.

요조는 우정이란 개념조차 낯설고 부담스럽게 느끼며 자신이 타인과 같은 감정을 공유할 수 없다고 생각하게 됩니다. 자신이 사람들과 다르다는 것을 자각하는 과정은 요조의 내면적 고통을 더욱 가중시켰습니다. 요조의 깊은 고통과 혼란은 가족조차 이해하기 힘든 것으로 변질되어 그를 컴컴한 고독으로 몰아넣었습니다.

청년이 된 요조는 고향을 떠나 도쿄로 가기로 했습니다. 새로운 환경에서는 자신의 문제를 극복하고 새로운 삶을 시작할 수 있을 것이라 믿었으니까요. 그러나 도쿄에서의 생활은 오히려 그를 큰 좌절감에 빠지게 했습니다.

요조는 도시의 복잡한 인간관계와 사회적 기대에 압도되었고, 자신은 결코 사회가 요구하는 인간으로 살아갈 수 없다며 무력감을 느낍니다. 고립을 극복하기 위해 그는 술과 여성에 점점 더 의존하였고, 점차 자기를 파괴하는 삶에 빠져들었습니다.

이 시기에 요조는 호리키라는 친구를 만납니다. 호리키는 자유롭고 방탕한 삶을 사는 인물로, 요조의 타락을 부추기며 내면적 혼란을 더욱 심화시킵니다. 요조는 처음에는 호리키를 통해 자유를 경험한다고 느꼈지만, 시간이 지날수록 두 사람의 관계는 파국으로 치달았습니다. 무책임한 호리키는 요조를 일반인은 접하기 힘든 음지로 이끌었고, 요조는 점점 더 자신의 존재와 거리를 두며 타락 속에서 위안을 찾으려 했습니다.

sentence 020

自分は、これまでの生涯に於いて、人に殺されたいと願望した事は幾度となくありましたが、人を殺したいと思った事は、いちどもありませんでした。それは、おそるべき相手に、かえって幸福を与えるだけの事だと考えていたからです。

나는 평생 누군가에게 살해당하길 바란 적은 수없이 많았지만, 누군가를 죽이고 싶다고 생각한 적은 단 한 번도 없었다. 그것이 오히려 두려운 상대에게 행복을 줄 뿐이라고 생각했기 때문이다.

sentence 021

世の中の人間の「実生活」というものを恐怖しながら、毎夜の不眠の地獄で呻いているよりは、いっそ牢屋のほうが、楽かも知れないとさえ考えていました。

세상 사람들의 이른바 '현실적인 삶'이라는 것을 두려워하며, 매일 밤 잠들지 못하는 지옥에서 신음하느니, 차라리 감옥에 있는 편이 더 편할지도 모르겠다고까지 생각하고 있었다.

sentence 022

ほとんど学業も、また画の勉強も放棄し、高等学校へ入学して、二年目の十一月、自分より年上の有夫の婦人と情死事件などを起し、自分の身の上は、一変しました。

학업도, 미술 공부도 거의 포기한 채 고등학교에 입학한 지 2년째 되는 11월. 나보다 나이 많은 기혼 여성과 동반 자살을 시도하면서 내 신세는 완전히 뒤바뀌었다.

sentence 023

自分がこの家へ来てからは、道化を演ずる張合いさえ無く、ただもうヒラメと小僧の蔑視の中に身を横たえ、ヒラメのほうでもまた、自分と打ち解けた長噺をするのを避けている様子でしたし、自分もそのヒラメを追いかけて何かを訴える気などは起らず、ほとんど自分は、間抜けづらの居候になり切っていたのです。

내가 이 집에 오고 나서는, 광대를 연기할 기분조차 없어졌다. 그저 넙치와 점원에게 업신여김을 받으며 나른히 몸을 뉘일 뿐이었다. 넙치 역시 나와 터놓고 긴 이야기를 나누는 걸 피하려는 눈치였고, 나 또한 그를 붙잡고 무언가를 호소할 마음조차 들지 않았다. 결국 나는 완전히 어리석은 얼굴로 더부살이를 하는 폐인 같은 신세가 되었다.

그러던 중, 요조는 쓰네코라는 여자를 만납니다. 두 사람은 함께 자살을 약속하며 도쿄의 다리 위에 올랐지만, 쓰네코는 사망하고 요조는 구조됩니다. 자살 시도 직후 요조는 병원에 실려 가고, 병상에서 쓰네코를 떠올리며 '내가 여전히 살아 있는 이유'를 반문합니다.

요조는 쓰네코와의 관계를 '마지막 인간적 연결'로 여기며, 쓰네코가 사망한 후에는 더 이상 온전한 관계를 형성할 수 없겠다고 생각해 불안에 시달립니다. 그렇게 요조는 세상과 완전히 동떨어진 채 정신적 고립 상태로 빠지죠.

이러한 요조를 아버지는 '넙치'라는 별명의 서화 골동품상 시부타를 통해 감시합니다. 요조는 넙치의 집에서 생활하지만 넙치와 끝내 가까워지지 못하고, 그에게 장래에 대해 꾸짖음을 듣고 나서는 넙치의 집에서도 나오게 됩니다.

이후 요조는 시즈코라는 여자를 만났습니다. 시즈코와의 만남은 고통과 혼란으로 뒤덮인 요조가 처음으로 안식을 느낀 특별한 순간이었습니다. 시즈코는 순수하고 따뜻한 성품을 지녔으며, 다른 사람들과는 달리 요조를 있는 그대로 받아들이려 했습니다.

시즈코는 요조의 상처를 이해하려 노력했고, 그의 고통에 공감하며 다가갔습니다. 요조는 시즈코의 따뜻함과 헌신에서 자신이 타인으로부터 버려졌다는 감각을 일시적으로나마 잊을 수 있었죠. 시즈코와 함께 있을 때, 요조는 자신이 비정상적이고 고립된 존재가 아니라 누군가에게 소중한 사람이 될 수도 있다는 희망을 품게 됩니다. 시즈코는 요조에게 처음으로 사랑이 무엇인지를 알려주었고, 인간관계가 연기가 아니라 진실된 감정의 교류가 될 수 있다는 것을 느끼게 했습니다.

요조는 시즈코를 통해 인간이라고 여기지 않았던 자신 역시 구원받을 수 있음을 희미하게나마 느꼈지만, 그의 내면은 여전히 자기혐오로 가득 차 있었습니다. 요조는 스스로를 타락하고 결함이 많은 존재라고 여겼고, 이러한 자기혐오는 시즈코와의 관계를 온전히 받아들이지 못하게 하는 원인이 되죠.

요조는 시즈코처럼 순수하고 헌신적인 사람은 자신과 같은 부정적인 인물과 함께해서는 안 된다고 여겼고, 특히 그녀의 어린 딸인 시게코와 함께 있을 때조차 고립되어 있다고 생각하는 자신을 보며 두려움을 느낍니다. 이러한 요조의 불안은 점점 커지며 시즈코의 사랑이 자신을 파멸시킬 것이라는 두려움에 완전히 사로잡히게 됩니다.

반면 시즈코는 요조를 구원하고자 끝없이 노력했습니다. 시즈코는 요조가 느끼는 불안을 덜어주기 위해 많은 부분을 희생했으며, 그의 상처를 치유하려 했습니다. 하지만 시즈코의 진심 어린 노력은 끝내 요조의 마음속 상처와 부딪히고 말았습니다.

요조는 자신이 그런 헌신을 받을 만한 사람이 아니라는 생각에 사로잡혀, 점점 더 스스로를 어둠 속으로 몰아넣었습니다. 모순적인 요조의 태도는 두 사람의 관계를 점점 더 불안정하게 만들었고요.

특히 요조는 시즈코와의 관계가 안정감을 줄수록 자신이 과거의 잘못된 삶을 보상해야 한다는 압박감을 느꼈습니다. 요조는 이 행복이 자신의 것이 될 수 없다는 생각을 멈출 수 없었고, 이러한 요조의 감정은 시즈코에게 상처를 입혔습니다.

결국 요조는 시즈코의 헌신적인 사랑에도 불구하고 그녀와의 관계를 유지할 수 없었습니다. 어느 날 시즈코와 시게코가 순수하게 토끼를 쫓으며 노는 모습을 발견한 요조는, 자신이 두 사람의 행복을 망치게 될 것이라 확신합니다. 그렇게 변화하려는 의지조차 잃은 요조는 그 길로 집을 나오며 그녀를 떠나보냈습니다.

이 이별은 요조에게 감당할 수 없는 상실감을 남겼습니다. 자신이 마지막으로 남은 구원의 가능성을 스스로 걷어차 버렸다고 느꼈고, 이후로는 인간관계에 관한 모든 신뢰를 잃어버립니다. 요조는 시즈코를 떠나보낸 뒤에도 끊임없이 그녀를 떠올리며 후회와 자책에 괴로워합니다.

그렇게 떠돌며 방탕한 생활을 하다 그에게 술을 끊으라 권유하는 한 여인, 요시코를 만납니다. 요조는 그녀의 순수한 모습에 이끌렸고, 청혼 끝에 결혼에 이릅니다. 요시코와의 결혼 생활을 통해 요조는 비로소 인간다운 자신을 발견하고 행복을 느낄 수 있었습니다.

그러나 행복한 결혼 생활도 잠시, 그를 방탕한 생활에 빠트렸던 호리키가 다시 나타납니다. 돈을 빌려달라는 호리키와 함께 옥상에서 술을 마시던 요조는 옥상 밑 계단에서 한 상인에게 범해지는 요시코를 발견합니다. 이에 상실감에 빠진 요조는 그녀를 신뢰했던 자신, 그리고 사람을 너무나 신뢰했던 그녀를 안타까워하며 회의감과 절망을 느낍니다.

sentence 024

ああ、われに冷き意志を与え給え。われに、「人間」の本質を知らしめ給え。人が人を押しのけても、罪ならずや。われに、怒りのマスクを与え給え。
「うん、そう。シゲちゃんには何でも下さるだろうけれども、お父ちゃんには、駄目かも知れない。」
自分は神にさえ、おびえていました。神の愛は信じられず、神の罰だけを信じているのでした。

아, 나에게 차가운 의지를 내려주소서. 나에게 '인간'의 본질을 알게 하소서. 사람이 사람을 밀쳐내는 것이, 죄가 아니란 말인

가. 나에게, 분노의 가면을 내려주소서.

"그래. 시게짱한테는 뭐든지 주시겠지만, 아빠한테는 안 될지도 몰라."

나는 신조차 두려워하고 있었다. 신의 사랑은 믿을 수 없고, 신의 벌만을 믿었던 것이다.

sentence 025

自分は、どれほど皆を恐怖しているか、恐怖すればするほど好かれ、そうして、こちらは好かれると好かれるほど恐怖し、皆から離れて行かねばならぬ。

나는 사람들을 몹시 두려워했고, 이상하게도 두려워할수록 더 많은 호의를 받았다. 그리고 호의를 받을수록, 나는 더 깊은 공포에 빠지게 되었고, 결국 사람들 곁을 떠날 수밖에 없었다.

sentence 026

世間とは、いったい、何の事でしょう。人間の複数でしょうか。どこに、その世間というものの実体があるのでしょう。

세상이란, 도대체 무엇을 의미하는 것인가. 사람들의 집합을 뜻하는 것인가. 그렇다면 그 '세상'이라는 것의 실체는 도대체 어디에 존재하는 것인가.

sentence 027

ヨシ子は信頼の天才なのです。ひとを疑う事を知らなかったのです。しかし、それゆえの悲惨。
神に問う。信頼は罪なりや。

요시코는 신뢰의 천재이다. 사람을 의심하는 법을 몰랐던 것이다. 그러나 그것 때문에 비참해졌다.
신에게 묻는다. 신뢰는 죄인가.

sentence 028

神に問う。無抵抗は罪なりや？ …… 人間、失格。もはや、自分は、完全に、人間で無くなりました。

신에게 묻는다. 저항하지 않는 것은 죄인가? …… 인간, 실격. 이제 나는 완전히 인간이 아니게 되었다.

sentence 029

いまは自分には、幸福も不幸もありません。
ただ、一さいは過ぎて行きます。
自分がいままで阿鼻叫喚で生きて来た所謂「人間」の世界に於いて、たった一つ、真理らしく思われたのは、それだけでした。

지금의 나에게는, 행복도 불행도 없다.
그저 모든 것이 흘러갈 뿐이다.
내가 지금까지 아비규환 속에서 살아온 이른바 '인간' 세계에서, 단 하나 진실처럼 느껴졌던 것은 그것뿐이었다.

요시코에게 배신감을 느낀 이후 요조는 다시 알코올 중독에 빠져 요시코와 함께였던 일상으로 돌아가지 못합니다. 어느 날, 수면제를 발견한 요조는 이를 다량 섭취하였고, 3일 동안 기절했다가 깨어납니다. 그런 요조의 위태로운 모습에 요시코마저 그를 포기하고, 결국 요조는 자신이 인간으로서의 자격을 상실했다고 생각하며 스스로를 완전히 파괴하기 위해 마약에까지 의존합니다.

주변 사람과의 관계가 모두 단절되자 요조는 자신이 태어난 것 자체가 잘못이라고 결론짓게 되죠. 자기 삶이 아무런 가치도 없다는 생각에 사로잡힌 요조는 결국 정신 병원에 입원하였으며, 그곳에서 비로소 자신의 삶을 고백한 글을 쓸 수 있었습니다.

다자이 오사무의 소설 《인간실격》은 인간 존재의 본질적인 고독과 정체성 상실을 탐구한 작품으로, 주인공의 삶을 통해 '사회가 요구하는 인간', '타인 앞에서의 자아', '자기 자신과의 대면' 등 현대 사회에서 흔히 겪는 내적 갈등과 소외감을 적나

라하게 드러냅니다.

　요조는 타인에게 자신을 그대로 드러내기보다 '광대'라는 가면을 쓰는 방식을 택합니다. 그는 겉으로는 유머러스하고 사교적인 모습으로 사람들에게 호감을 사지만, 내면적으로는 타인과 자신이 다르다고 생각하며 끊임없이 불안에 휩싸입니다. 이러한 '광대'의 모습은 작품을 관통하는 주제이기도 한데요. 다자이 본인이 자신의 삶을 스스로 희화화하며 살아왔다는 자각과도 맞닿아 있습니다. 그는 스스로를 "죄인처럼 살면서도 죽을 용기를 내지 못한 자"라고 자조적으로 말하기도 했죠.

　이처럼 작중에서 "광대를 연기했다"라며 끊임없이 고백하는 요조를 통해 '타인에게 보이는 나'와 '내가 아는 나' 사이의 간극이 드러나며, 그 간극에서 주인공이 느끼는 불안과 고통은 단순한 방어기제를 넘어 사회적 규범과 기대 속에서 자신의 본질을 감추고 살아가는 우리의 모습처럼 보이기도 합니다.

　현대 사회는 사람들에게 특정한 정체성을 강요합니다. 우리는 외부적 요소로 자신의 가치를 증명하려고 노력하며, 이러한 과정에서 내면적 욕망이나 본질을 억누르곤 하죠. 요조가 느낀 내적 공허와 고독은 현대인들이 특정 정체성을 규정하려는 강박에 빠졌을 때 느끼는 감정과 크게 다르지 않습니다. 사회적 기대에 맞추어 살아가다가도 문득 그것이 진정한 나와 얼마나 다른지를 깨달을 때, 우리는 요조처럼 깊은 고독을 느끼곤 합니다. 《인간실격》은 이러한 허구적 정체성을 들여다보게 하며, 우리가 얼마나 사회적 기대에 조종당하고 있는지를 성찰하게 합니다.

그러나 《인간실격》이 꼭 인간의 파멸만을 그린 작품은 아닙니다. 이 작품은 우리가 겪는 고독과 상실감이 단지 부정적인 것이 아니라, 그 속에서 진정한 자아를 발견할 기회를 얻을 수 있음을 암시합니다. 요조는 자신의 고독을 끝내 받아들이지 못하고 파멸로 치닫는 것처럼 보이지만, 한편으로는 '인간은 완전하지 않으며, 완전하지 않은 우리는 어떻게 살아갈 것인가'라는 질문을 던집니다. 그리고 이 질문과 함께 요조를 바라봄으로써 우리는 마침내 실패, 낙오, 상실과 맞닿은 삶 또한 인간 존재의 한 방식임을 깨닫게 되는 것이죠.

이처럼 《인간실격》은 단순히 절망의 기록이 아닌, 실패 속에서도 인간으로 남으려는 몸부림으로 읽힐 수 있습니다. 그렇기에 작품 속 요조의 삶을 통해 많은 사람이 진정한 위로와 공감을 느낄 수 있었던 게 아닐까요.

우리는 누구나 타인에게 드러내지 않은 모습을 가지고 있으며, 자신조차도 완전히 이해하지 못하는 내면의 영역을 품고 살아갑니다. 이러한 내면의 고독은 피할 수 없겠지만, 그것을 인정하고 마주하는 과정에서 우리는 자신을 더 깊이 이해하고 성장합니다.

 자기 내면을 이해하고, 공허한 마음을 채우는 데 좋은 방법은 요조처럼 글로 고백해보는 것입니다. 진정한 정체성을 찾아가는 과정은 때론 고통스럽지만, 그 고통을 회피하지 않고 직면할 때 비로소 성장할 수 있는 것이죠. 요조의 이야기를 읽고 쓰는 과정에서 인간 존재의 본질을 탐구하고, 더 나은 자신으로 나아가는 시간을 가져보는 것은 어떨까요. 진정한 나 자신은 어떤 일에도 쓰러지지 않는 단단한 뿌리에 있으니까요.

내 문장 속 다자이 오사무

작품의 주제를 담고 있는 아래 문장을 읽고, 자기만의 방식으로 의역하거나 필사하면서 다자이 오사무의 문장을 마음에 새겨보세요.

sentence 030

恥の多い生涯を送って来ました。
自分には、人間の生活というものが、見当つかないのです。

부끄럼 많은 생애를 보냈다.
나에게는 인간의 삶이라는 것이 도무지 짐작되지 않는다.

....

....

....

....

....

....

이미 저지른 일은
돌이킬 수 없다

1-3

やんぬる哉_어쩔 수 없구나

주인공이 의사에게 저녁 식사 초대를 받으며 이야기가 시작합니다. 사교적인 만남 자체를 꺼리는 성격의 주인공은 의사의 초대가 불편했습니다. 특히 형식적인 대화를 나누며 보내는 어색한 시간은 고통 그 자체였죠. 주인공은 초대에 응하기보다 의사에게 약간의 핑계를 대는 것으로 불편한 자리를 피하고 싶었습니다.

일요일 낮, 의사의 집에 방문한 주인공은 그가 '도테라'*를 걸치고 느긋하게 쉬고 있는 모습을 발견합니다. 의사는 주인공을 반갑게 맞이하며 배급받은 사과주 두 병을 보여주고는, 의사는 함께 사과주를 마시며, 도쿄 공습 이야기를 나누면 어떻겠냐고 제안합니다.

* 일본의 전통 외투. 솜을 넣어 만든 방한용 옷이다.

원치 않는 주제의 대화와 급작스러운 친밀감이 싫었던 주인공은 자리를 최대한 피하려고 했습니다. 하지만 의사는 주인공의 거절을 무시하고 적극적으로 술을 권했죠. 그뿐만 아니라 "지금 바로 한 병 따주겠네!"라고 외치며 특별한 술을 대접하는 것처럼 행동했습니다.

  기세등등하게 사과주의 병뚜껑을 딴 의사는 작은 쟁반 위에 술잔과 함께 특별 요리인 메기 가바야키*를 내어왔습니다. 그는 "아내가 직접 창의력을 발휘해 만든 요리"라며 메기를 장어 맛이 나도록 요리했다는 점을 자랑스럽게 설명했습니다. 그러나 도쿄에서 온 주인공은 작고 불편한 술잔에 사과주를 조금씩 따라 마시는 것이 익숙지 않았고, 크게 맛있다고 느끼지도 못했습니다. 그저 모든 것이 가식적이고 불필요하다고 생각될 뿐이었죠.

  술이 오가는 도중, 의사는 대화 주제를 요리의 과학적 혁신으로 바꾸었습니다. 그는 요리를 단순한 가정의 일이 아닌 과학적 발명으로 승화시켜야 한다고 주장하며, 아내의 창의적인 발명 능력을 극찬하였습니다. 의사는 심지어 이를 국가적 자랑으로까지 확대하며, "이 어려운 시기에 아내의 발명 덕분에 우리 가정은 의식주에 아무런 불편도 없다"라고 큰소리를 쳤습니다.

---

* 생선의 배를 갈라 뼈를 발라내고 양념하여 구운 요리이다.

sentence 031

「実はね、」と医師はへんな微笑を浮べ、「配給のリンゴ酒が二本ありましてね、僕は飲まないのですが、君に一つ召上っていただいて、ゆっくり東京の空襲の話でも聞きたいと考えていたのです。」

"사실은 말이야," 의사가 묘한 미소를 지으며 말했다. "배급받은 사과주가 두 병 있어서 말이지. 나는 마시지 않지만, 자네가 한 병 마시면서 천천히 도쿄 공습에 대한 이야기를 들려주길 바라네."

sentence 032

おおかた、そんなところだろうと思っていた。だから、こうして断りに来たのだ。リンゴ酒二本でそんなに「ゆっくり」つまらぬ社交のお世辞を話したり聞いたりして、窮屈きわまる思いをさせられてはかなわない。

대략 그런 얘기일 거로 생각했다. 그래서 이렇게 거절하러 온 것이다. 사과주 두 병 때문에 그렇게 "천천히" 지루한 사교의 빈말 인사를 나누며 답답한 기분을 느끼게 되는 건 정말 싫었다.

sentence 033

「いいえ、そんな事はありません。どうせ僕は飲まないんですから。どうです、いま召し上りませんか。一本、栓(せん)を抜きましょう。」
まるで、シャンパンでも抜くような騒ぎで、私の制止も聞かず階下に降りて行き、すぐその一本、栓を抜いたやつをお盆(ぼん)に載せて持って来た。

"아니, 전혀 그렇지 않네. 어차피 나는 마시지 않으니 지금 한 잔 마시는 건 어떠신가? 지금 바로 한 병 따주겠네!"
그는 마치 샴페인이라도 따는 것처럼 소란을 피우며, 내 만류도 듣지 않은 채 계단 아래로 내려갔다. 그리고는 곧 사과주 한 병을 따서 쟁반에 올려 가져왔다.

sentence 034

台所の科学ですよ。料理も一種の科学ですからね。こんな物資不足の折には、妻の発明力は、国家の運命を左右すると、いや冗談でなく、僕は信じているのです。

부엌의 과학이야. 요리도 일종의 과학이니까. 이렇게 물자가 부족할 때는 아내의 발명력이 국가의 운명을 좌우한다고 믿고 있네. 농담이 아닌 진심으로.

이후, 대화의 주제는 주인공이 쓴 과거의 소설로 이어집니다. 의사는 주인공의 소설 중 발명과 관련된 이야기를 읽었다며 칭찬했으나 주인공은 그런 소설을 썼던 기억이 전혀 없었죠. 그는 당혹스러웠지만, 일단 그냥 고개를 끄덕이며 대화를 이어나갔습니다.

대화 주제는 이제 이웃집에 사는 피난민 부인과 의사의 아내 사이의 논쟁으로 바뀌었습니다. 피난민 부인은 시골 농민들이 순박하다는 보편적인 인식에 강하게 반발했습니다. 그녀는 "농민만큼 무서운 사람들이 없다"라며 농민들이 피난민을 돈벌이 대상으로만 보고 있다고 주장했습니다. 피난민이 입고 있던 일본 전통 작업복조차 내놓으라고 강요하는 일부 농민들을 그 예로 들면서요. 그들이 피난민들을 노골적으로 비웃고, 무시했다는 것입니다.

그녀는 "우리도 공짜로 뭘 달라고 한 적은 없다. 밭일이나 도와주며 살겠다고 했지만, 농민들은 그런 도움조차 귀찮아하고, 피난민을 쓸모없는 사람으로 취급한다"라며 분노했습니다. 이어서 농민들이 돈을 받으면서도 겉으로는 돈을 무시하는 척한다고 주장했습니다. 돈을 내밀면 무시하면서도, 실제로는 절대로 돈을 거절하지 않는 농민들의 이중성을 꼬집은 것이죠. 그녀는 피난민들이 시골에서 차별받으며 고통스러운 시간을 보내고 있다고 열변을 토했습니다. "우리가 도시에서 재밌게 놀다 온 것도 아닌데, 왜 이렇게 심한 대우를 받아야 하냐"라는 피난민 부인의 말에는 도시와 시골 간의 갈등과 불평등이 드러납니다.

sentence 035

とにかく、日本もこれから、新しい発明をしなければ駄目ですよ。男も女も、力を合せて、新しい発明を心掛けるべき時だと思っています。

어쨌든, 일본도 이제 새로운 발명을 해야 해. 남자도 여자도 힘을 합쳐 새로운 발명을 위해 노력해야 할 때라고 생각해.

sentence 036

物が足りない物が足りないと言って、闇の買いあさりに狂奔きょうほんしている人たちは、要するに、工夫が足りないのです。研究心が無いのです。

자꾸 물자가 부족하다고 하면서 암시장에서 물건을 찾아 헤매는 사람들은 결국 창의력이 부족한 것이지. 연구하는 마음이 없는 거라네.

sentence 037

このお隣りの畳屋にも東京から疎開(そかい)して来ている家族がおりますけれども、そこの細君がこないだうちへやって来て、うちの細君と論戦しているのを私は陰で聞いて、いや、面白かったですよ。疎開人にはまた疎開人としての言いぶんがあるらしいんですね。

이웃에 있는 다다미 가게에도 도쿄에서 피난 온 가족이 있다네. 그 집 아내가 얼마 전 우리 집에 와서 우리 아내와 논쟁하는 걸 몰래 듣고 있었는데, 참 재밌었어. 피난 온 사람들에게는 또 피난민으로서 나름의 할 말이 있는 것 같더군.

하지만 의사의 아내는 이웃집 부인의 이야기에서 피난민들이 자신들의 비참함을 과장하며, 동정심을 끌어내고 있다는 사실을 인지했습니다. 그녀는 냉정한 태도로 피난민들에게도 준비 부족의 책임이 있다고 말하며, 도쿄가 공습받을 가능성은 오래전부터 예견되었으니, 그 전에 미리 대비해야 했다고 주장합니다.

예를 들어, 5년 전에 도쿄 생활을 정리하고 시골에 정착했더라면 지금처럼 고생하지 않았을지도 모른다고요. 또한, 피난민들이 "입은 옷마저 빼앗겼다"라고 말하며 과도한 동정을 요구하는 태도는 듣기에 거북하다고 언급합니다. 마지막에는 모든 것이 부족한 시대에도 창의력과 노력이 있으면 충분히 다시 일어설 수 있다고 조언하기도 했습니다.

의사의 아내가 논리적으로 반박하자, 이웃집 피난민 부인은 결국 감정을 주체하지 못하고 울음을 터뜨렸습니다. 그뿐만 아니라 자신이 경험했던 끔찍한 일들을 나열하며, 그녀의 차가운 태도에 지속적으로 동정을 요구했죠. 하지만 이러한 모습은 그녀로 하여금 부인의 하소연을 단순한 푸념처럼 느끼게 합니다.

끝까지 감정적으로 휘둘리지 않은 의사의 아내는 이야기를 묵묵히 들어주기만 하였고, 눈물 섞인 긴 하소연 끝에 피난민 부인은 결국 의사의 아내가 준비한 요리를 먹고 돌아갔습니다.

주인공은 의사의 아내 이야기를 듣고, 피난민들이 스스로 자신을 비참하게 만든다고 생각했다며 웃었습니다. 아직도 할 이야기가 남은 것인지 의사는 대화를 계속해서 이어가면서 주인공에게 사과주를 권합니다. 그는 "아내가 곧 돌아올 것이니 도쿄 공습 이야기를 천천히 나누어 보자"라고 이야기합니다.

그러나 이미 주인공은 이 상황에서 벗어나고 싶다는 생각뿐이었습니다. 의사와 일상적인 이야기를 나누며 억지로 친밀감을 나누는 데 질려버린 것이죠. 지금까지 이러한 상황에서 벗어나지 못했다는 무기력함에 휩싸인 주인공에게는 이 모든 대화가 무의미했습니다.

주인공은 시골 의사의 집에 앉아 사과주를 마시면서 도쿄의 오기쿠보에 있는 야키토리* 포장마차를 떠올립니다. 그는 2전짜리 야키토리와 10전짜리 위스키를 마시며 속물적인 세상을 마음껏 비난했던 그 자유로운 시간을 그리워합니다. 그곳에서는 누구에게도 구속되지 않고 마음껏 세상을 비판할 수 있었습니다.

그러나 지금의 그는 그때처럼 자유를 누릴 수 없는 현실에 갇혀 있을 뿐이죠. 결국 지루한 대화를 더 이상 견디기 어려웠던 주인공은 자리를 뜨며, 의사에게 "좋은 아내를 두셔서 행복하시겠습니다"라는 덕담을 건네는 것으로 작별을 통보했습니다.

물론 예의 차원에서 나온 말이라 주인공의 진심과는 거리가 멀었지만 말이죠. 그는 의사와의 대화를 마무리하면서도 어딘가 불편한 마음을 감추지 못했습니다. 마침 의사의 집에서 막 나오면서 큰 호박 세 개를 묶어 등에 짊어진 채 땀투성이로 걸어가는 여성이 보였고, 그는 의사에게 "대부분의 사람은 저렇게 비참하게 살면서도 창의력과 노력 없이 살아갑니다"라고 말합니다. 그러나 곧 그 여자가 의사의 집 부엌에 들어가는 것을 보고 의사의 아내임을 깨달았습니다. 하지만 이미 다 엎질러진 물이었습니다.

---

* 일본식 닭고기 꼬치 요리이다.

sentence 038

その細君の言うには、田舎(いなか)のお百姓さんが純朴だとか何とか、とんでもない話だ、お百姓さんほど恐ろしいものは無い。

그 부인의 말로는, 시골의 농부들이 순박하다느니 뭐니, 말도 안 되는 소리라고 하더군. 농부만큼 무서운 존재는 없다고.

sentence 039

それがまあ多少のゆかりをたよって田舎へ逃げて来て、何も悪い事をして逃げて来たわけでもないのに肩身を狭くして、何事も忍び、少しずつでも再出発の準備をしようと思っているのに、田舎の人たちは薄情なものです。

그런 사람들이 조금의 연고에 의지해서 시골로 피신해 온 것뿐인데. 나쁜 짓을 해서 온 것도 아닌데도 어깨를 움츠리고, 모든 것을 참아가며 조금씩 재출발을 준비하려고 하는 것뿐인데도 시골 사람들은 정말 매정해요.

sentence 040

私たちだって、ただでものを食べさせていただこうとは思っていません、畑のお仕事でも何でも、うんと手伝わせてもらおうと思っているのに、そのお手伝いも迷惑、ただも

う、ごくつぶし扱いにして相談にも何も乗ってくれないし。

우리라고 해서 공짜로 밥을 얻어먹으려는 생각은 전혀 없습니다. 밭일이든 어떤 일이든 정말 열심히 도울 생각이었는데, 그 일손조차도 민폐처럼 여겨지고, 결국 우리는 그냥 밥만 축내는 사람처럼 취급당해요.

sentence 041

お金をずいぶん欲しがっているくせに、わざとぞんざいに扱ってみせて、こんなものは紙屑(かみくず)同然だとおっしゃる、罰(ばち)が当りますよ、どんなお札にだって菊の御紋が付いているんですよ。

돈을 꽤 원하는 주제에, 일부러 험하게 다루는 척하며 이런 건 휴지 조각이나 다름없다고 하십니다. 벌받을 일이죠, 모든 지폐에 국화 문장이 새겨져 있으니까요.

sentence 042

私たちは以前あの人たちに何か悪い事でもして来たのでしょうか、どうして私たちにこんなに意地悪をするのです。

우리가 이전에 그 사람들에게 무슨 나쁜 일을 하기라도 했나요? 왜 이렇게 우리에게 나쁘게 구는 걸까요?

sentence 043

愚図ぐず々々と都会生活の安逸にひたっていたのが失敗の基である、その点やはりあなたがたにも罪はある。

질질 끌며 도시 생활의 안락함에 빠져 지낸 것이 결국 실패의 근본 원인이며, 그 점에 있어서는 당신들 역시 책임이 있다.

sentence 044

なんとかやって行けるものだ。田舎のお百姓さんたちにたよらず、立派に自力で更生の道を切りひらいて行くべきだと思う。

어떻게든 해낼 수 있을 거예요. 시골 농민들에게 의지하지 않고, 스스로 훌륭하게 갱생의 길을 열어나가야 한다고 생각해요.

주인공은 자신의 무례함과 섣부른 판단에 무안해져 말을 잇지 못했습니다. 이때, 모든 상황을 이해한 주인공은 "어쩔 수 없구나"라며 체념합니다. 이 말은 단순히 개인적 불만이 아니라, 인간관계와 사회적 부조리를 받아들이는 과정에서의 깊은 절망을 담고 있습니다.

《어쩔 수 없구나》는 매우 짧고 위트 있는 문체와 대비되는 주제로, 전쟁 중 피난민과 농민의 대립을 통해 당시 시대상을 풍자적인 톤으로 그려내는 단편입니다. 소설이 출간된 후 논평가들은 이 작품이 다자이의 '바늘 끝 같은 유머감각'임과 동시에 '삶의 피로감'을 담아낸 예라고 평가하기도 했죠. 특히 이 작품의 마지막 문장 "어쩔 수 없구나"는 다자이의 다른 작품에서도 자주 인용되는데, "체념과 허무가 가득한 세상 속에서도 살아가야 한다"라는 그의 세계관을 상징하는 키워드이기도 합니다.

이 '체념과 허무'는 주인공과 의사가 나누는 대화에서 구체적으로 드러나는데요. 의사는 사소한 일상적 친교를 유지하려고 애쓰지만, 주인공에겐 모두 무의미하게 느껴집니다. 의사는 전후 혼란에서도 '창의력'과 '발명'을 통해 안정된 삶을 영위하고 있다고 자랑하는 반면, 피난민 부인은 시골 농민들에게 차별받는 피난민의 고통을 호소하죠. 주인공은 서로 다른 두 입장을 듣고 한쪽에 공감하기보다는 무력감과 체념 속에서 관찰자의 태도를 유지합니다.

또한, 이 작품은 인간 존재의 본질적인 고독을 강조합니다. 의사의 집에서 벌어진 사건들은 겉으로 봤을 때 사소한 일상적 교류처럼 보이지만, 자세히 들여다보면 타인과 연결되지 못하는 개인들의 고립감이 담겨 있습니다. 의사는 주인공과 대화하며 공감대를 형성하고 싶어 하지만, 그의 말은 주인공에게 무의미하게 들릴 뿐이죠.

   피난민 부인 역시 자신의 고통을 호소하며 동정을 요구하지만, 그녀의 이야기는 단순한 푸념으로 치부됩니다. 이러한 단절은 현대 사회에서도 빈번히 벌어지는 현상으로, 우리가 누군가와 소통한다고 믿으면서도 진정으로 연결되지 못한다고 느끼는 이유입니다.

   그럼에도《어쩔 수 없구나》는 인간의 고독과 체념을 단순히 부정적으로만 그리지 않습니다. 작품은 인간이 겪는 고독과 갈등을 받아들이는 것이 성장과 자기 이해로 나아가는 중요한 과정이라는 것을 보여줍니다. 주인공은 자신의 상황을 변화시키지는 못했지만, 이 모든 것을 관찰하며 체념하는 순간 진정한 자신을 마주합니다. 이는 현대인들에게 상황을 회피하기보다는 있는 그대로 받아들이고 직면하라는 메시지를 전달한 것이라고 볼 수 있죠.

   이 작품은 결국 우리가 삶에서 경험하는 갈등과 고독을 다시금 돌아보고, 그것을 성찰의 기회로 삼도록 안내합니다. 주인공이 느꼈던 무력감과 고독을 통해 우리는 자신을 되돌아볼 수 있으며, 그 과정에서 타인의 삶에 대한 공감과 이해를 키울 수 있습니다.

   주인공의 마지막 모습에 감명받았다면, 현대 사회의 끝없는 경쟁과 자기 증명 속에서도 진정한 자신을 잃지 않겠다고 결심해 보세요. 그리고 모든 것이 버거워지는 순간, 작게 읊조려보세요. "어쩔 수 없구나."

🕯 내 문장 속 다자이 오사무

작품의 주제를 담고 있는 아래 문장을 읽고, 자기만의 방식으로 의역하거나 필사하면서 다자이 오사무의 문장을 마음에 새겨보세요.

sentence 045

やんぬる哉かな。それが、すなわち、細君御帰宅。

어쩔 수 없구나. 그 여자는 다름 아닌, 의사의 부인이었다.

....

....

....

....

....

....

Part. 2
삶 속의 비극

아름다운 것들은 모두
깨지기 쉽다

삶은 고통스럽지만
아름다운 것

2-1

女生徒_여학생

　주인공인 여학생은 아침에 잠에서 깨어날 때마다 숨바꼭질 중 어둡고 좁은 곳에 숨어 있다가 갑자기 발견된 순간 같은 어색함을 느낍니다. 침대에서 일어날 때, 아침 특유의 싸늘하고 허전한 분위기를 감지하는 건 힘든 일이죠. 아침의 회색빛은 슬픔과 고독을 떠올리게 하며, 스스로를 추하고 연약한 존재라고 여기게 합니다. 그녀에게 아침이라는 시간은 활력을 주는 것이 아닌 오히려 가장 서글프고 공허한 순간입니다. 그러나 여학생이 공허함을 느끼든, 그렇지 않든 하루는 시작됩니다.

　침대 밖으로 나온 여학생은 거울 앞에 앉아 흐릿하게 비치는 자신의 얼굴을 바라봅니다. 그러고는 안경을 벗고 흐릿하게 사물을 인지하면 온 세상이 아름다워 보인다고 생각하죠. 반면, 안경을 쓰면 세상이 너무 날카롭고 투명하게 다가와, 거울 속 자신의 모습조차 실망스럽게 보입니다.

여학생은 안경을 벗고 나면 사람들의 얼굴이 모두 더 친절하고 온화해 보일 것이며, 자기 자신도 착하고 평화로운 사람이 될 수 있다고 믿습니다. 하지만 안경을 다시 썼을 때, 그녀는 안광을 잃어버린 자신을 발견하죠. 여학생은 자신도 맑고 깊은 감정을 담은 아름다운 눈을 가질 수 있길 바라며 한숨을 내쉽니다.

이어서 여학생은 돌아가신 아버지를 떠올립니다. 아버지가 떠난 것은 분명한 사실이지만, 그녀에겐 여전히 이해하기 힘든 일이었습니다. 어린 시절, 그녀가 누렸던 무조건적인 사랑과 평온했던 나날들은 지금 그녀에게 너무도 아득한 기억으로 남아 있습니다. 특히 아버지가 살아 계시던 시절, 집안의 분위기는 무척이나 따뜻했으니까요. 반면 어머니와 단둘이 살아가는 지금의 삶은 상실감만 가득합니다. 그럼에도 그녀는 행복했던 순간들을 되새기려 노력합니다.

sentence 046

あさ、眼をさますときの気持は、面白い。かくれんぼのとき、押入れの真っ暗い中に、じっと、しゃがんで隠れていて、突然、でこちゃんに、がらっと襖ふすまをあけられ、日の光がどっと来て、でこちゃんに、「見つけた！」と大声で

言われて、まぶしさ、それから、へんな間の悪さ、それから、胸がどきどきして、着物のまえを合せたりして、ちょっと、てれくさく、押入れから出て来て、急にむかむか腹立たしく、あの感じ、いや、ちがう、あの感じでもない、なんだか、もっとやりきれない。

아침에 눈을 뜰 때 기분은 참 이상하다. 마치 숨바꼭질을 할 때, 어두컴컴한 벽장 안에 가만히 웅크리고 숨어 있다가 갑자기 데코짱이 문을 확 열고, 햇빛이 쏟아져 들어오며 "찾았다!"라고 큰소리로 외치는 순간처럼 말이다. 눈부시고, 이상하게 어색하고, 가슴이 두근거리며 옷깃을 여미고 살짝 쑥스러워하면서 벽장에서 나왔는데 갑자기 짜증스럽고 참을 수 없는 그런 기분이다.

sentence 047

朝は、なんだか、しらじらしい。悲しいことが、たくさんたくさん胸に浮かんで、やりきれない。いやだ。いやだ。朝の私は一ばん醜(みにく)い。両方の脚が、くたくたに疲れて、そうして、もう、何もしたくない。熟睡していないせいかしら。朝は健康だなんて、あれは嘘。朝は灰色。

아침은 왠지, 삭막하다. 슬픈 일들이 가슴 속에 가득가득 떠올라, 견딜 수가 없다. 싫어. 싫다. 아침의 나는 가장 추하다. 두 다리는 녹초가 되었고, 그래서 더는 아무것도 하고 싶지 않다. 깊이 잠들지 못해서일까. 아침이 건강하다는 말, 그건 거짓말이다. 아침은 회색이다.

sentence 048

眼鏡をとって、遠くを見るのが好きだ。全体がかすんで、夢のように、覗き絵みたいに、すばらしい。汚ないものなんて、何も見えない。大きいものだけ、鮮明な、強い色、光だけが目にはいって来る。眼鏡をとって人を見るのも好き。相手の顔が、皆、優しく、きれいに、笑って見える。

안경을 벗고 멀리 보는 걸 좋아한다. 모든 것이 흐릿해지고, 마치 꿈처럼, 들여다보는 그림처럼 멋지게 보인다. 더러운 것은 아무것도 보이지 않는다. 크고 선명한 것, 강한 색채와 빛만이 눈에 들어온다.

sentence 049

ジャピイを可愛がっていると、カアは、傍で泣きそうな顔をしているのをちゃんと知っている。カアが片輪だということも知っている。カアは、悲しくて、いやだ。可哀想で可哀想でたまらないから、わざと意地悪くしてやるのだ。

재피를 예뻐해 주고 있으면, 카아가 옆에서 금방이라도 울 것

Part 2 | 아름다운 것들은 모두 깨지기 쉽다   77

같은 얼굴을 하고 있다는 걸 나는 잘 알고 있다. 카아가 불구라는 것도 알고 있다. 카아는, 슬퍼서, 싫다. 불쌍하고 불쌍해서 견딜 수가 없기 때문에, 일부러 심술궂게 대하는 것이다.

여학생은 이제 강아지 재피와 카아를 바라보고 있습니다. 그녀는 재피의 하얀 털을 쓰다듬으며 행복해합니다. 불편한 다리를 가진 카아가 슬픈 눈빛으로 자신을 바라보는 것을 알면서도 재피만을 더 귀여워하고 있던 것이죠. 여학생은 카아에게 모질게 대하면서도 내면의 죄책감에 시달렸고, 어느 순간 그런 자신의 모순을 깨닫고는 생각이 많아지기 시작했습니다. 정원의 푸르른 나뭇잎과 맑은 햇빛이 마음을 안정되게 만들어주는 것도 잠시, 카아를 향한 연민은 다시금 여학생의 마음을 무겁게 합니다. 결국 여학생은 카아를 좋아하려 노력하지도 않고, 재피를 향한 애정을 감추지도 못한 채 갈등만을 계속하죠.

이후 여학생은 자신만 알고 있는 숲길로 등교하다가 어둡고 축축한 분위기에 압도당합니다. 길 위에는 군인들이 머문 흔적과 자라지 못한 채 시들어버린 보리 싹이 남겨져 있었고, 이 시든 보리의 모습은 여학생에게 이유 모를 쓸쓸함과 무력감을 안겨줍니다. 게다가 길에서 만난 노동자들로부터 불쾌한 말을 들으면서도 아무런 저항도 하지 못해 더욱 큰 무력감을 느끼죠. 마침내 숲길을 빠져나오자 여학생은 아침에 느꼈던 공허함이 마음속에 짙게 깔려있음을 깨닫습니다.

 얼마 지나지 않아 전차에 올라탄 여학생은 자신이 미리 선점해둔 자리에 다른 승객이 앉는 모습을 보며 불쾌함을 느낍니다. 그러나 직접 항의하지 못하고, 조용히 잡지를 펼쳐 들 수밖에 없었죠. 잡지를 읽으면서도 여학생의 머릿속은 잡생각으로 가득 차 있습니다. 여학생은 자신이 책 내용에 지나치게 빠져들어 매번 기존의 신념을 버리고, 다른 신념으로 쉽게 바꾼다는 걸 알고 있습니다.

 이를 한심하다고 느끼면서도 여전히 책에 의지하고 있는 것도 알고 있지만, 그럼에도 책이 없었다면 자신이 아무것도 할 수 없는 무력한 존재로 남았을 거라는 생각은 여학생에게 또 다른 모멸감을 안겨줍니다. 여학생은 혼잡한 전차 안에서도 책 속 세계에 몰입하려 애쓰지만, 결국 자신을 둘러싼 혼란에서 벗어나지 못합니다.

sentence 050

　泣いてみたくなった。うんと息(いき)をつめて、目を充血させると、少し涙が出るかも知れないと思って、やってみたが、だめだった。もう、涙のない女になったのかも知れない。

 울어보고 싶어졌다. 숨을 한껏 참아 눈에 핏줄이 붉게 돋으면,

조금쯤 눈물이 나올지도 모른다고 생각해 해봤지만, 소용없었다. 이제 나는 눈물조차 없는 여자가 되어버린 걸지도 모른다.

sentence 051

おみおつけの温(あたた)まるまで、台所口に腰掛けて、前の雑木林を、ぼんやり見ていた。そしたら、昔にも、これから先にも、こうやって、台所の口に腰かけて、このとおりの姿勢でもって、しかもそっくり同じことを考えながら前の雑木林を見ていた、見ている、ような気がして、過去、現在、未来、それが一瞬間のうちに感じられるような、変な気持がした。

된장국이 데워질 때까지 부엌 입구에 앉아 앞에 보이는 작은 숲을 멍하니 바라보고 있었다. 그러다 문득 예전에도, 그리고 앞으로도, 이렇게 부엌 입구에 앉아 같은 자세로 같은 생각을 하며 이 숲을 바라보고 있었고, 있을 것 같은 기분이 들어서 과거와 현재, 미래가 한순간에 느껴지는 묘한 기분이 들었다.

sentence 052

可愛い草と、そうでない草と、形は、ちっとも違っていないのに、それでも、いじらしい草と、にくにくしい草と、どうしてこう、ちゃんとわかれているのだろう。理窟はないんだ。女の好ききらいなんて、ずいぶんいい加減なもの

だと思う。

귀여운 풀과 그렇지 않은 풀은 생김새가 전혀 다르지 않은데도, 애틋한 풀과 얄미운 풀이 어째서 이렇게 분명히 나뉘는 걸까. 논리도 없다. 여자들의 호불호라는 건 참으로 대충 정해지는 것 같다.

학교에 도착한 여학생은 수업 중 창밖을 바라봅니다. 정원의 꽃들과 나무가 뿜어내는 아름다움에 마음이 한결 편안해지는 것 같습니다. 그러나 다시 교실로 시선을 돌리면 선생님의 지나치게 고지식한 태도와 강의 내용이 그녀를 답답하게 하죠.

그림 그리기 시간에 선생님은 여학생에게 모델이 되어 달라고 요청합니다. 그녀는 부끄러웠지만 어쩔 수 없이 요청을 받아들입니다. 여학생은 자신을 향한 선생님의 과도한 관심이 무척 불편했습니다. 서 있는 내내 주변 친구들의 시선과 어색한 자세를 의식해야 하는 것도 마찬가지였고요.

방과 후, 여학생은 미용실에 들러 머리를 바꾸기로 합니다. 하지만 결과는 여학생이 기대했던 것과 전혀 달랐습니다. 거울 속 자신의 모습을 본 여학생은 아무리 노력해도 원하는 모습에 도달하지 못할 거라며 좌절하죠. 그뿐만 아니라 외적인 변화를 시도하려던 스스로가 가벼운 존재로 느껴져 자괴감에 빠집니다. 외모를 바꾸고 싶었던 욕망이 사실은 낮은 자존감에서 비롯됐다는 걸 깨우친 것이었습니다. 휘몰아치는 감정으로 그녀는 거울 속 자신을 낯설게 느끼며 혼란스러워합니다.

집으로 돌아온 여학생은 우물가에서 손과 발을 씻으며 어릴 적 기억을 떠올립니다. 언니가 부엌에서 생선을 손질하던 모습이나, 아버지와 함께 산책하며 별 이야기를 나누었던 순간들이 머릿속에서 선명해집니다.

여학생은 무조건적인 사랑과 보호를 받으며 행복했던 어린 시절이 지금의 내 모습과 얼마나 다른지 되새깁니다. 언니와 어머니가 만들어준 따뜻한 집 안의 분위기와 아버지의 자상한 목소리를 회상하는 것만으로 여학생은 참을 수 없을 정도로 쓸쓸해졌습니다.

시간이 흘러 저녁 식사를 준비하던 여학생은 자신을 초대해준 어머니의 체면을 위해 과도한 아부를 떠는 손님들을 지켜보며 복잡한 감정에 휩싸입니다. 그러고는 이내 화려하지만 속이 빈 '로코코 요리'를 만들어 손님들에게 대접하죠. '로코코 요리'처럼 어머니 역시 손님을 대할 때와 평소 그녀와 있을 때의 태도가 다릅니다. 여학생은 어머니가 손님들 앞에서 지나치게 웃으며 대접하는 모습을 보고 실망감을 느끼지만, 어머니가 집안을 유지하려 노력하는 모습을 이해하기에 마음 한편으로는 깊은 연민을 느낍니다.

 손님들이 떠난 후, 여학생은 어두운 방에서 혼자만의 시간을 가집니다. 창밖의 별이 가득한 밤하늘을 바라보던 여학생은 자신의 현재 모습을 구체적으로 돌아보기 시작합니다.

 여학생은 자신이 가족과 세상에서 기대받는 '좋은 딸'과 자신의 솔직한 욕망 사이에서 갈등하고 있음을 인정하죠. 그러면서도 자신이 가진 내면의 고통과 방황이 그저 지나가는 한순간일 수도 있다는 희망을 품으려고 애씁니다. 그러나 여학생은 이 모든 감정을 어떻게 처리해야 할지 몰라 답답함에 몸을 뒤척입니다. 자신이 살아가야 할 이유를 찾으려 애쓰지만, 여전히 그 답은 희미하고 잡히지 않습니다.

sentence 053

 それから、いつも大きな力で私たちを押し流す「世の中」というものもあるのだ。これらすべての事を思ったり見たり考えたりすると、自分の個性を伸ばすどころの騒ぎではない。まあ、まあ目立たずに、普通の多くの人たちの通る路をだまって進んで行くのが、一ばん賢明でしょうくらいに思わずにはいられない。

그리고 언제나 큰 힘으로 우리를 밀어내는 "세상"이라는 것도 있다. 이 모든 것을 생각하고 보고 고민하다 보면, 자신의 개성을 키우는 것은 꿈도 꿀 수 없는 일이다. 차라리 눈에 띄지 않게 평범한 대다수 사람이 가는 길을 조용히 걸어가는 것이 가장 현명하다고 생각할 수밖에 없다.

sentence 054

学校の修身と、世の中の掟（おきて）と、すごく違っているのが、だんだん大きくなるにつれてわかって来た。

학교에서 배운 도덕과 세상의 법칙이 많이 다르다는 것을 나이가 들면서 점점 깨닫게 되었다.

sentence 055

いま、という瞬間は、面白い。いま、いま、いま、と指でおさえているうちにも、いま、は遠くへ飛び去って、あたらしい「いま」が来ている。

'지금'이라는 순간은 참 신기하다. '지금, 지금, 지금' 하고 손가락으로 붙잡으려는 사이에도, 지금은 이미 멀리 날아가 버리고 새로운 '지금'이 다가온다.

sentence 056

いい娘さんになろうと思った。このお家に帰る田舎道は、毎日毎日、あんまり見なれているので、どんな静かな田舎だか、わからなくなってしまった。ただ、木、道、畠、それだけなのだから。

좋은 딸이 되어야겠다고 생각했다. 집으로 돌아가는 시골길은 매일매일 너무나 익숙해져서 얼마나 고요한 시골인지조차 알 수 없게 되어버렸다. 그냥 나무와 길과 밭, 그것뿐이었다.

sentence 057

お母さんは、私と二人きりのときはいいけれど、お客が来たときには、へんに私から遠くなって、冷たくて気まずくなる。私はそんな時に、一ばんお父さんが懐かしく悲しくなる。

어머니는 나와 단둘이 있을 때는 괜찮은데, 손님이 오면 왠지 나에게서 멀어진 듯 차갑고 서먹해진다. 그런 순간에 나는 아버지가 가장 그립고 슬퍼진다.

sentence 058

ロココという言葉を、こないだ辞典でしらべてみたら、華麗のみにて内容空疎の装飾様式、と定義されていたので、

笑っちゃった。名答である。美しさに、内容なんてあってたまるものか。純粋の美しさは、いつも無意味で、無道徳だ。きまっている。だから、私は、ロココが好きだ。

'로코코'라는 말을 얼마 전 사전에서 찾아보았더니, '화려하기만 하고 내용이 비어 있는 장식의 양식'이라고 정의되어 있기에 웃어버렸다. 정말 명답이다. 아름다움에 내용 따위가 있어서야 하겠는가. 순수한 아름다움은 언제나 무의미하고, 비도덕적이다. 당연한 일이다. 그래서 나는 로코코를 좋아한다.

sentence 059

おやすみなさい。私は、王子さまのいないシンデレラ姫。あたし、東京の、どこにいるか、ごぞんじですか？　もう、ふたたびお目にかかりません。

잘 자요. 저는 왕자님이 없는 신데렐라 공주예요. 저, 도쿄의 어디에 있는지… 알고 계시나요? 이젠, 다시는 당신을 만날 수 없겠지요.

여학생은 자신의 감정과 고독을 지구 어딘가의 다른 소녀들도 겪고 있을 것으로 생각하며 위안을 얻습니다. 이윽고 여학생은 잠자리에 들며 행복에 대한 모호한 희망을 품고는, 침대에

누워 조용히 눈을 감은 채 자신을 어린 신데렐라라고 부르죠. 그녀는 내일이 오늘보다 조금 더 나은 날이 되기를 바라고, 그렇게 또 찾아올 하루를 맞이하기로 마음을 다잡습니다.

《여학생》은 한 소녀의 하루를 통해 인간관계와 내면의 갈등, 그리고 정체성의 성찰을 다룬 작품입니다. 이렇게 다자이 본인의 삶에서 반복되었던 '감각'과 '고독'을 그대로 글에 노출하는 것은 다자이 작품의 특징이기도 한데요. 이 소설 또한 겉보기에는 단조로운 일상처럼 보이지만, 주인공 여학생의 시선으로 그려진 세계는 그녀의 복잡한 내면과 엇갈린 감정을 통해 깊이 있는 철학적 질문을 던집니다. '나는 누구인가?', '나는 왜 이렇게 행동하는가?'와 같은 의문은 결과적으로 여학생의 내면을 성장시킵니다. 현대 사회의 개인주의와 고독에서, 이 작품은 자신을 둘러싼 세계와 관계하며 살아가는 '나'의 본질에 대해 다시금 고민하게 합니다.

여학생과 어머니의 모습은 인간관계의 복잡함을 잘 드러냅니다. 여학생은 어머니를 사랑하면서도, 어머니가 손님을 대할 때 보여주는 태도에 불만과 실망을 느낍니다. 그러나 어머니의 피로를 어깨너머로 느끼며, 그녀의 삶과 고단함을 이해하려고 노력하기도 하죠. 이러한 모습은 세대 간의 갈등과 공감을 모두 보여주며, 관계 속에서 성숙해지는 인간의 모습을 강조합니다. 이는 현대 사회에서도 여전히 유의미한 메시지로, 우리는 이를 통해 인간은 서로를 이해하고 배려하는 과정에서 성장한다는 점을 다시금 떠올려 볼 수 있겠습니다.

또한, 여학생이 주변 세계를 바라보는 시선은 단순한 관찰이 아니라 철학적 성찰로 가득하죠. 우물가에서 손을 씻으며 떠올린 가족의 기억, 어두운 밤하늘을 바라보며 느낀 고독과 소속감의 부재, 그리고 아침마다 느끼는 허탈감과 희망 사이의 모순은 여학생이 단지 한 소녀가 아니라 인간 존재 자체를 대변하고 있음을 보여줍니다. "나는 왜 이렇게 방황하는가?"라는 질문과 함께, 인간의 삶은 고통스럽지만 그렇기에 아름다운 것이라는 메시지가 전해집니다.

이 작품의 가장 큰 힘은 여학생의 감정이 독자들에게 고스란히 전달된다는 점입니다. 여학생의 불안정하고 흔들리는 감정은 현대를 살아가는 우리에게 결코 낯설지 않습니다. 빠르게 변화하는 사회에서 우리는 종종 여학생처럼 자신을 잃고 헤매는 기분을 느끼죠. 그러나 여학생은 자신을 탐구하고, 주변 사람과의 관계를 통해 다시 자신을 찾아가는 길을 떠납니다.

여학생은 '꽃'을 보고 "사람도 진짜 좋은 점이 있다"라고 느낀다거나, "내가 꽤 행복했을지도 모른다"라고 말하기도 합니다. 이러한 그녀의 사고는 다자이가 단순히 절망이나 나락을 묘사하는 데 그치지 않고, 인간 존재 안에 여전히 남아 있는 가능성을 놓치지 않으려 했음을 보여주죠. 다자이는 글 속에 자신을 고백하였고, 《여학생》은 고백의 한 형태였으며, 그 고백 속에 담긴 질문과 성찰은 우리의 일상에도 적용될 수 있는 깊은 통찰을 제공합니다.

결국 《여학생》은 단순한 성장 이야기를 넘어, 현대 사회를 살아가는 모든 개인에게 철학적 질문을 던지는 작품입니다. 이 작품은 우리가 자기 자신을 어떻게 바라보고, 타인과의 관계에서 어떤 존재로 성장해 가는지 끊임없이 성찰하게도 하고요. 개인주의와 고립감이 팽배한 시대에도 인간다움을 잃지 말라고 조언하는 이 작품을 통해, 우리는 조금 더 나은 자신과 만날 수 있을 것입니다.

내 문장 속 다자이 오사무

작품의 주제를 담고 있는 아래 문장을 읽고, 자기만의 방식으로 의역하거나 필사하면서 다자이 오사무의 문장을 마음에 새겨보세요.

sentence 060

「みんなを愛したい」と涙が出そうなくらい思いました。じっと空を見ていると、だんだん空が変ってゆくのです。だんだん青味がかってゆくのです。ただ、溜息ばかりで、裸になってしまいたくなりました。それから、いまほど木の葉や草が透明に、美しく見えたこともありません。そっと草に、さわってみました。美しく生きたいと思います。

"모두를 사랑하고 싶다"라고 눈물이 날 만큼 생각했다. 가만히 하늘을 보고 있으면, 점점 하늘이 변해간다. 점점 푸르스름해진다. 그저 한숨만 나오고, 벌거벗고 싶어졌다. 지금처럼 나뭇잎이나 풀이 투명하게, 아름답게 보인 적이 없었다. 살짝 풀잎에 손을 대보았다. 아름답게 살고 싶다.

....

....

....

....

뒤틀린 사랑이
향하는 곳

2-2

駈込み訴え_직소

　유다는 참을 만큼 참아왔다며 울분을 토해내고 있습니다. 그 사람을 생각하면 가슴 깊은 곳에서 치밀어 오르는 분노를 더는 누를 수 없다고 합니다.

　예수는 유다와 동갑이었습니다. 그런데도 유다의 위에 군림했고, 마치 하늘에서 떨어진 존재처럼 모든 주목을 받았습니다. 유다가 빵을 구해 오고, 숙소를 마련하고, 사람들과 흥정을 해도 예수는 마치 스스로 기적을 베푼 것처럼 행동했습니다. 유다는 그런 예수를 위해 모든 수고를 감내해 왔었죠. 그러나 이제는 말하고 싶다고 합니다. 예수는 거짓된 자이며, 저를 모욕한 자입니다. 살려두어서는 안 될 자입니다.

　하지만 유다는 예수를 누구보다 깊이 사랑해왔습니다. 다른 제자들이 천국이나 권력을 꿈꾸며 예수를 따를 때, 유다는 어떤 보상도 바라지 않았습니다. 천국이든 영광이든 그런 건 관심 없었으며, 단지 예수와 조용한 시골에서, 어머니와 셋이서 살 수 있다면 얼마나 좋을까, 그런 상상을 했었죠. 유다의 고향에는 아직 작은 집도 있고, 복숭아밭도 있으며, 가족도 남아 있습니다. 유다는 예수를 모시며 평온한 삶을 살 준비가 되어 있었지만, 예수는 언제나 유다에게 차갑고 무심하게 굴었습니다.

마르다의 동생, 마리아 또한 마찬가지입니다. 그녀가 향유를 예수의 머리에 붓고, 그의 발을 닦던 날, 유다는 질투와 모욕감에 휩싸였습니다. 향유는 삼백 데나리온*이나 되는 것이었습니다. 팔아서 가난한 이들에게 주었다면 얼마나 좋았을까요. 그러나 예수는 마리아가 자신의 장례를 준비해준 것이라 감쌌습니다. 그 순간, 유다는 깨달았습니다. 그의 목소리, 그의 눈빛, 붉어진 얼굴에 담긴 감정이 단순한 연민이 아니라는 사실을요.

sentence 061

はい、はい。落ちついて申し上げます。あの人を、生かして置いてはなりません。世の中の仇(かたき)です。はい、何もかも、すっかり、全部、申し上げます。私は、あの人の居

---

* 로마의 은화로 신약성서에서 많이 언급되는 은화이다. 한 데나리온은 노동자의 하루 품삯이었다.

所ᵢₙᵢどころを知っています。すぐに御案内申します。ずたずたに切りさいなんで、殺して下さい。あの人は、私の師です。主です。けれども私と同じ年です。三十四であります。私は、あの人よりたった二月ふたつきおそく生れただけなのです。たいした違いが無い筈だ。

네. 차분히 말씀드리겠습니다. 그 사람을 살려두어서는 안 됩니다. 그는 이 세상의 원수입니다. 모든 것을, 하나도 빠짐없이, 전부 말씀드리겠습니다. 저는 그 사람이 있는 곳을 알고 있습니다. 지금 당장 안내해드리겠습니다. 산산조각을 내어 죽여주십시오. 그 사람은 제 스승입니다. 주인입니다. 하지만 저와 동갑입니다. 서른넷입니다. 저는 그 사람보다 불과 두 달 늦게 태어났을 뿐입니다. 대단한 차이는 없을 것입니다.

sentence 062

私から見れば青二才だ。私がもし居らなかったらあの人は、もう、とうの昔、あの無能でとんまの弟子たちと、どこかの野原でのたれ死ᵢにしていたに違いない。

제 눈에 그 사람은 그냥 애송이일 뿐이에요. 만약 제가 곁에 없었더라면, 그 사람은 진작에 그 멍청하고 못난 제자들과 함께 어디 들판에서 굶어 죽었을 겁니다.

sentence 063

私はあの人を、美しい人だと思っている。私から見れば、子供のように慾が無く、私が日々のパンを得るために、お金をせっせと貯めたっても、すぐにそれを一厘残さず、むだな事に使わせてしまって。

저는 그 사람을 아름다운 사람이라고 생각합니다. 제가 보기에는 어린아이처럼 욕심이 없고, 제가 하루하루 빵을 얻기 위해 돈을 열심히 모아도, 곧 그것들을 한 푼도 안 남기고 헛되게 써버리고 말이죠.

sentence 064

後にもさきにも、あの人と、しんみりお話できたのは、そのとき一度だけで、あとは、決して私に打ち解けて下さったことが無かった。私はあの人を愛している。あの人が死ねば、私も一緒に死ぬのだ。

돌이켜보면, 그 사람과 그렇게 조용하고 진지한 이야기를 나눌 수 있었던 건 그때 단 한 번뿐이었습니다. 그 이후로는, 단 한 번도 저에게 마음을 열어주신 적이 없었습니다. 저는 그 사람을 사랑합니다. 그 사람이 죽는다면, 저도 함께 죽을 것입니다.

위대한 존재라고 믿었던 예수는, 무지한 시골 여자에게 어떤 특별한 감정을 품고 있었습니다. 예수가 그렇게 무너지는 모습을 보게 되리라고는 상상조차 하지 못했던 유다는 깊은 수치심과 분노를 느끼죠.

그날 이후 유다는 예수를 더 이상 같은 눈으로 바라볼 수 없었습니다. 예수는 언제나 순결한 척, 모든 것을 초월한 듯한 태도를 보였지만, 실상은 누구보다 욕망에 충실한 사람이었다고 유다는 점점 확신하였습니다. 예수가 자신의 삶을 갉아먹고 있었고, 그런 사람을 위해 인생을 바쳐왔다는 사실이 견딜 수 없이 아프게 느껴졌습니다.

예루살렘 입성은 유다의 마지막 환상마저 깨뜨리는 순간이었습니다. 그날, 예수는 늙은 나귀를 타고 성으로 들어갔고, 군중은 환호하며 옷과 나뭇가지를 그의 발 아래 깔았습니다. 제자들은 감격에 겨워 눈물을 흘렸고, 서로를 껴안으며 마치 모든 것이 이루어진 듯 기뻐했죠. 그러나 유다의 눈에 비친 예수는 무기력하고 초라한 남자에 불과했습니다.

기다리고 기다린 유월절, 그토록 열망하던 입성이 이토록 볼품없고 가련한 모습일 줄은 몰랐습니다. 유다는 그때 '이 사람은 끝났구나'라는 생각이 들었습니다.

성전에서 예수는 마지막 자존심까지 내려놓았습니다. 예수는 채찍을 휘두르며 상인들을 쫓아내고, 성전의 질서를 어지럽

했습니다. "이 성전을 헐어라, 내가 사흘 만에 세우리라."

분노하는 예수의 모습에 제자들은 멍하니 서 있을 뿐이었죠. 유다는 모든 것을 지켜보며 예수가 이제는 돌아올 수 없는 선을 넘었음을 확신했습니다. 예언과 이상이 무너진 자리에 남은 것은, 오직 광기와 허세뿐이었습니다.

sentence 065

あの人だってまだ若いのだし、それは無理もないと言えるかも知れぬけれど、そんなら私だって同じ年だ。しかも、あの人より二月(ふたつき)おそく生れているのだ。若さに変りは無い筈だ。それでも私は堪えている。あの人ひとりに心を捧げ、これ迄どんな女にも心を動かしたことは無いのだ。

그 사람도 아직 젊은데, 그런 감정이 생기는 것도 어쩌면 당연한 일일지 모릅니다. 하지만 저도 같은 나이죠. 게다가 그 사람보다 두 달 늦게 태어났습니다. 젊음이라는 면에서는 다를 게 없지 않나요. 그런데도 저는 참고 또 참아왔습니다. 그 사람 하나만을 마음에 품고, 지금까지 단 한 번도 어떤 여자에게도 마음을 빼앗긴 적이 없습니다.

sentence 066

ああ、ジェラシィというのは、なんてやりきれない悪徳だ。私がこんなに、命を捨てるほどの思いであの人を慕い、きょうまでつき随^{したが}って来たのに、私には一つの優しい言葉も下さらず、かえってあんな賤しい百姓女の身の上を、御頬を染めて迄かばっておやりなさった。ああ、やっぱり、あの人はだらしない。

아아, 질투란 얼마나 견딜 수 없는 비열한 감정인가요. 제가 이렇게까지, 목숨을 내놓을 만큼의 마음으로 그 사람을 사모하며 오늘까지 곁을 따라왔건만, 그분은 제게 단 한마디 따뜻한 말도 건네주시지 않았습니다. 오히려 저런 천한 시골 여자 하나를 위해 볼까지 붉히며 감싸주시다니요. 아아, 역시 그 사람은 흐트러진 분입니다.

sentence 067

所詮^{しょせん}はあの人の、幼い強がりにちがいない。あの人の信仰とやらでもって、万事成らざるは無しという気概のほどを、人々に見せたかったのに違いないのです。

결국 그 사람의 행동은, 어린애 같은 허세에 지나지 않았습니다. 그분은 이른바 자신의 믿음이란 것으로 모든 것을 이룰 수 있다는 기세를 사람들에게 보여주고 싶었던 게 분명합니다.

Part 2 | 아름다운 것들은 모두 깨지기 쉽다 97

그리고 마침내 예수는 서기관과 바리새인을 향해 독사의 자식이라 외치며 저주를 퍼부었습니다. 천재지변이 닥칠 것이고, 지옥의 심판이 있을 것이라 말했습니다. 모두가 숨죽인 가운데 예수는 혼자 열변을 토했고, 유다는 예수가 곧 죽게 될 것임을 직감하며 생각하죠. 가장 사랑했던 사람이니, 제 손으로 생애를 끝내야겠다고. 그것이야말로 진짜 애정의 방식이라 믿었기 때문입니다.

유다는 예수를 팔기로 결심했습니다. 유다는 제사장들과 장로들이 대제사장 가야바의 집에 몰래 모여, 예수를 어떻게 죽일 것인가를 의논하고 있다는 이야기를 들었습니다. 동네 장사꾼을 통해, 예수가 군중 앞이 아닌 제자들과만 있을 때 붙잡혀야 하며, 밀고한 자에게는 은 삼십을 준다는 것도 알게 되었죠. 유다는 그 순간, 예수는 어차피 죽을 것이니, 다른 이의 손에 넘어가기 전에 자신이 해야 한다고 느낍니다.

이어지는 그날 밤, 유월절을 맞아 예수와 제자들은 동산 위의 허름한 이 층 방에 모여 식사를 하게 되었습니다. 모두가 식탁에 둘러앉았을 때, 예수는 갑자기 겉옷을 벗고 물동이를 들었습니다. 그리고 수건을 허리에 두르고, 대야에 물을 받아서는 제자들의 발을 하나하나 씻어주었죠. 유다는 당황했고, 당혹스러웠으며, 동시에 마음 깊은 곳이 덜컥 내려앉았습니다.

곧 견딜 수 없는 감정이 치밀었습니다. 유다는 예수에게 당신은 아무 잘못도 없다고, 언제나 가난한 자의 편이었고, 아름다웠으며, 옳았다고 말해주고 싶었습니다. 저는 당신이 하나님의 아들이라는 것을 믿습니다. 그러니 이제 도망칩시다, 함께 살아갑시다, 당신을 지키고 싶습니다. 그 모든 말들이 유다의 가슴 안에서 요동쳤죠.

그때 유다는, 정말로 회개하고 있었습니다. 그러나 예수는 끝내 유다를 믿지 않았습니다. 예수는 제자들의 발을 씻긴 뒤, 자리에 앉아 조용히 말씀하셨습니다. "너희들 중 하나가 나를 팔 것이다." 그는 끝내 유다를 믿지 않았던 것이죠.

sentence 068

花は、しぼまぬうちこそ、花である。美しい間に、剪きらなければならぬ。あの人を、いちばん愛しているのは私だ。どのように人から憎まれてもいい。一日も早くあの人を殺してあげなければならぬと、私は、いよいよ此のつらい決心を固めるだけでありました。

꽃은 시들지 않기 때문에 진정한 꽃입니다. 아름다울 때에 잘라내야 하죠. 그 사람을 가장 사랑하는 사람은 저입니다. 사람들이 아무리 미워해도 좋습니다. 하루라도 빨리 그 사람을 죽여줘야 한다고, 저는 갈수록 이 고통스러운 결심을 굳혔습니다.

sentence 069

極度に気が弱って、いまは、無智な頑迷の弟子たちにさえ縋すがりつきたい気持になっているのにちがいない。可哀想に。あの人は自分の逃れ難い運命を知っていたのだ。その有様を見ているうちに、私は、突然、強力な嗚咽おえつが喉のどにつき上げて来るのを覚えた。矢庭にあの人を抱きしめ、共に泣きたく思いました。

지금 그 사람은 극도로 약해진 상태라, 아마 무지하고 고집스러운 제자들에게조차 매달리고 싶은 마음이 들었을 것입니다. 안됐게도. 그 사람은 자신에게 다가오는 피할 수 없는 운명을 알고 있었던 것이지. 그 모습을 보고 있는 사이, 저는 갑자기 목구멍 깊은 곳에서부터 강한 오열이 북받쳐 오르는 것을 느꼈습니다. 당장이라도 그 사람을 끌어안고, 함께 울고 싶다는 생각이 들었습니다.

sentence 070

おまえたちは私を主と称たたえ、また師と称えているようだが、それは間違いないことだ。私はおまえたちの主、または師なのに、それでもなお、おまえたちの足を洗ってやったのだから、おまえたちもこれからは互いに仲好く足を洗い合ってやるように心がけなければなるまい。

너희는 나를 주라 부르고, 또 스승이라 부른다. 그건 틀린 말이 아니다. 나는 분명히 너희의 주이며 스승이다. 그런 내가 너희의 발을 씻어준 것이니, 너희도 앞으로는 서로의 발을 씻어주며 지내야 하지 않겠느냐. 서로 다투지 말고, 사랑하며 겸손하게 섬겨야 한다.

sentence 071

「ほんとうに、その人は、生れて来なかったほうが、よかった。」と意外にはっきりした語調で言って、一つまみのパンをとり腕をのばし、あやまたず私の口にひたと押し当てました。私も、もうすでに度胸がついていたのだ。恥じるよりは憎んだ。あの人の今更ながらの意地悪さを憎んだ。

"정말이지, 그 사람은 차라리 태어나지 않았더라면 좋았을 것이다." 그분은 뜻밖에도 또렷한 어조로 그렇게 말씀하시고는, 빵 한 조각을 집어 팔을 뻗어, 망설임 없이 제 입에 꼭 눌러주셨습니다. 그때 저는 이미 마음의 준비가 되어 있었습니다. 부끄러워하기보다는 미워했지요. 지금 와서 그런 식으로 짓궂게 행동하는 그분의 고의적인 냉정함이 미웠습니다.

sentence 072

もう、もう私は我慢ならない。あれは、いやな奴です。ひどい人だ。私を今まで、あんなにいじめた。ははははは、ち

きしょうめ。

더는, 더는 참을 수가 없어요. 그 사람은 정말 싫은 인간입니다. 너무해요. 그동안 나를 얼마나 괴롭혀왔는지. 하하하하… 젠장할 인간.

sentence 073

そうだ、私は商人だったのだ。金銭ゆえに、私は優美なあの人から、いつも軽蔑されて来たのだっけ。いただきましょう。私は所詮、商人だ。いやしめられている金銭で、あの人に見事、復讐ふくしゅうしてやるのだ。これが私に、一ばんふさわしい復讐の手段だ。ざまあみろ！　銀三十で、あいつは売られる。

그래요. 저는 상인입니다. 그 사람은 언제나, 내가 돈을 좇는다는 이유로 나를 은근히 깔보아 왔었습니다. 받아들이겠어요. 결국 나는 그런 인간이니까 말입니다. 그가 경멸해 마지않던 돈으로, 이제 그 사람에게 복수하려 합니다. 이것이야말로, 내게 가장 어울리는 복수 방식일지도요. 참 고소합니다! 은 삼십에, 그 사람이 팔려나가게 된다니.

sentence 074

私は、あの人を愛していない。はじめから、みじんも愛していなかった。はい、旦那さま。私は嘘ばかり申し上げました。私は、金が欲しさにあの人について歩いていたのです。おお、それにちがい無い。あの人が、ちっとも私に儲けさせてくれないと今夜見極めがついたから、そこは商人、素速く寝返りを打ったのだ。金。世の中は金だけだ。

나는… 그 사람을 사랑한 적이 없습니다. 처음부터, 단 한 순간도 진심으로 사랑한 적 없었어요. 그래요, 주인님. 저는 거짓말만 늘어놨습니다. 그 사람을 따라다닌 건, 결국 돈 때문이었습니다. 아, 이제야 확신이 서네요. 오늘 밤, 그가 내게 아무런 이익도 안겨주지 않는다는 걸 깨달았으니. 그래서 상인인 제가, 그냥 재빨리 돌아선 겁니다. 돈. 세상은 결국 돈으로 돌아가잖아요.

제자들은 놀라서 묻기 시작했습니다. "주여, 제가 그 사람입니까?" 그러자 예수는 조용히 빵 한 조각을 들어 유다의 입에 건넸습니다. 그 순간 유다는 모든 것을 이해한 것이죠. 예수는 모든 것을 알고 있었다는 것을. 절망에 빠진 유다는 자리를 박차고 일어나 어둠 속을 달렸습니다. 그리고 유다는 지금 이곳에서 은 삼십을 받고 그의 위치를 말하려 합니다.

모든 연극은 끝났습니다. 이것이 그의 마지막 사랑이고, 그의 마지막 복수입니다. 유다는 그 사람을 사랑했지만, 그는 끝까지 유다를 믿어주지 않았습니다. 그러니 이제, 자신이 예수의 모든 것을 끝내고자 하고 있습니다.

다자이 오사무의 《직소》는 신약성경 속 '가룟 유다'의 시선을 빌려, 애증이라는 감정을 정면으로 응시하는 작품입니다. 읽으면서 느낄 수 있었겠지만, 이 작품은 성경 속 인물을 다루고 있음에도 종교적인 색채가 거의 느껴지지 않습니다.
또한 소설 안에서 유다는 단지 배신자가 아닙니다. 그는 누구보다 예수를 사랑했고, 그 사랑이 받아들여지지 않는다는 절망과 분노 속에서 비틀리고, 흔들리며, 끝내 파멸로 이끌렸죠.

다자이는 그 비뚤어진 감정이 인간적인 것임을 고백하듯 드러냅니다. 실제로 이 작품은 비평가들에게 '다자이 문체가 가장 날카롭게 튀는 시기 중 하나'라고 평가받는데요. 이렇게 다자이가 거침없이 그려낸 유다의 진심은 순수했지만, 그 순수함은 외면당할 때 증오로 변합니다. 이 작품은 인간이 감정을 끝까지 감당하지 못할 때 어떤 파멸에 다다르는지를 보여주는 문학적 고백이었던 것입니다.

유다의 감정은 선과 악의 이분법으로는 절대 설명되지 않습니다. 유다는 끊임없이 갈등합니다. 회개하고, 다시 흔들리며,

끝내 배신을 실행하지만, 그 속에는 여전히 사랑이 남아 있죠. 그 사람과 어깨를 나란히 하고 싶었던 마음, 그가 마리아를 향해 웃었을 때 느꼈던 질투, 마지막 발을 씻는 장면에서 차오른 눈물까지. 다자이는 인간의 감정이 얼마나 복잡하고 모순적인지, 그리고 그것이 얼마나 파괴적인 결과를 낳을 수 있는지를 유다의 배신을 통해 말하고 있습니다.

이처럼 다자이 오사무는 유다라는 인물을 단순히 '배신자'라는 낙인 아래 두지 않고, 그가 예수를 누구보다 사랑했기에 누구보다 큰 실망과 고통을 겪었을지도 모른다는 시선을 가진 채 바라보았습니다. 다자이는 실제로 자신의 자전적 경험을 문학 속에 자주 반영했는데, 그가 이처럼 배신자인 '유다'의 입장에서 유다의 선택을 복합적으로 통찰한 것은, 다자이 스스로가 자신을 '배신자', '도망자'라고 비난하며 살았던 자의식이 반영된 것으로 볼 수 있습니다.

이러한 다자이 오사무가 《직소》에서 그려낸 유다의 고백은 인간 내면의 모순과 진심이 얼마나 복잡한지를 보여주죠. 사랑은 때때로 기대가 되고, 기대는 쉽게 상처로 이어지며, 상처는 돌이킬 수 없는 행동으로 번지기도 합니다. 그러나 이 비극의 밑바닥에는 언제나 사랑이 있었다는 사실을 기억한다면, 우리는 누군가를 이해하고 용서하는 길 위에 한 발 더 다가설 수 있을 것입니다.

그렇기에 이 작품이 우리를 아프게 하는 이유는, 대부분의 독자가 이 이야기를 읽으며 '나 역시 그런 적이 있다'라고 느끼기 때문일 것입니다. 누군가를 사랑하다가, 기대하다가, 실망하고는 비난으로 돌아섰던 경험 말입니다.

하지만 그런 감정의 뿌리를 더 깊이 들여다보면, 그 모든 실망과 분노조차 애초에 사랑에서 비롯되었다는 사실을 부인할 수 없을 것입니다. 우리는 때때로 사랑하는 사람에게 더 많은 것을 기대하고, 그 기대가 어긋났을 때 더 깊은 상처를 받죠. 그 상처가 오히려 비난이나 냉소로 변해버릴 때, 우리는 그 본래의 마음, 그 사랑하고자 했던 마음을 잃곤 합니다.

따라서 우리는 마음속 숨어 있는 유다의 그림자를 정면으로 마주해야 합니다. 사랑이라는 이름 아래 누군가를 가혹하게 몰아붙이거나, 이해받지 못한 감정을 증오로 바꾸려 했던 과거를 돌아보고 뉘우치려면 말이죠.
물론 자신의 잘못을 떠올린다는 일은 쉽지 않습니다. 그러나 그 불편한 기억을 한 번쯤 짚고 넘어간다면, 우리 역시 작품 속 유다처럼 되돌릴 수 없는 파국으로 향하는 일을 막을 수 있지 않을까요.

🕯 내 문장 속 다자이 오사무

작품의 주제를 담고 있는 아래 문장을 읽고, 자기만의 방식으로 의역하거나 필사하면서 다자이 오사무의 문장을 마음에 새겨보세요.

sentence 075

> 私の愛は純粋の愛だ。人に理解してもらう為の愛では無い。そんなさもしい愛では無いのだ。私は永遠に、人の憎しみを買うだろう。けれども、この純粋の愛の貪慾のまえには、どんな刑罰も、どんな地獄の業火も問題でない。

내 사랑은 순수한 사랑이다. 남들에게 이해받기 위한 사랑이 아니다. 그런 비루하고 천한 사랑이 아니다. 나는 영원히, 사람들의 증오를 받게 된다. 하지만 이 순수한 사랑의 탐욕 앞에서는, 어떤 형벌도, 어떤 지옥의 불길도 문제되지 않는다.

가장 인간다운 가치,
신뢰와 신념

2-3

走れメロス_달려라 메로스

시골 양치기 메로스는 유일한 가족인 여동생의 결혼 준비를 위해 도시 시라쿠스에 갔습니다. 필요한 물건을 사고 오랜 죽마고우 셀리누티우스를 찾아갈 겸 도시를 둘러보는데 분위기가 과거와 많이 달랐습니다. 밤이라서 어두운 탓만은 아니었죠. 그건 악함에 다른 사람보다 몇 배나 민감한 메로스의 느낌이었습니다. 거리는 한산했고, 사람들의 표정은 두려움에 차 있었으며, 아이들은 부모의 손을 꼭 잡고 한 걸음이라도 왕궁에서 멀리 떨어지려 애썼습니다. 이 광경을 본 메로스는 사람들에게 물었습니다. "왕은 왜 이렇게 사람들을 겁에 질리게 만듭니까?" 그러나 사람들은 조용히 고개를 저으며 몸을 피했습니다.

왕궁에 다다른 메로스는 성문 앞에서 경비병들에게 가로막

했습니다. "나는 이곳에 왕을 만나러 왔소! 당신들이 두려워하는 그 디오니스 왕 말이오. 내 말을 그에게 직접 전해야 하오." 경비병들은 그를 비웃었으나, 메로스의 단호함과 굳은 표정에 당황하며 마지못해 안으로 들여보냈습니다.

성 안으로 들어선 메로스는 왕을 향해 큰 목소리로 외쳤습니다. "디오니스여, 당신은 백성을 두려움 속에 살게 하고, 아무 이유 없이 사람들을 죽이고 있소! 어찌하여 이토록 자신감을 잃었소?" 그 순간, 모든 것이 고요해졌습니다. 왕은 그의 목소리를 듣고 천천히 자리에서 일어났습니다.

sentence 076

メロスは、村の牧人である。笛を吹き、羊と遊んで暮して来た。けれども邪悪に対しては、人一倍に敏感であった。

메로스는 마을의 목동으로, 피리를 불고 양들과 놀며 살아왔다. 그러나 악에 대해서는 누구보다도 민감한 사람이었다.

sentence 077

歩いているうちにメロスは、まちの様子を怪しく思った。ひっそりしている。もう既に日も落ちて、まちの暗いのは当りまえだが、けれども、なんだか、夜のせいばかりでは無く、市全体が、やけに寂しい。

걷고 있는 동안 메로스는 마을의 분위기가 이상하다고 느꼈다. 적막했다. 이미 해가 저물어 마을이 어두운 것은 당연하지만, 그러나 어쩐지, 단지 밤이 되어서만은 아닌 것 같고, 마을 전체가 유난히 쓸쓸하게 느껴졌다.

sentence 078

若い衆は、首を振って答えなかった。しばらく歩いて老爺ろうやに逢い、こんどはもっと、語勢を強くして質問した。老爺は答えなかった。メロスは両手で老爺のからだをゆすぶって質問を重ねた。老爺は、あたりをはばかる低声で、わずか答えた。「王様は、人を殺します。」

젊은이는 고개를 저으며 대답하지 않았다. 메로스는 잠시 걷다가 노인을 만나 더 강한 어조로 물었지만, 노인도 대답하지 않았다. 메로스는 두 손으로 노인의 몸을 흔들며 계속 질문을 퍼부었다. 결국 노인은 주위를 살피며 낮은 목소리로 "왕이 사람을 죽입니다"라고 겨우 대답했다.

sentence 079

王は、さっと顔を挙げて報いた。「口では、どんな清らかな事でも言える。わしには、人の腹綿の奥底が見え透いてならぬ。おまえだって、いまに、磔はりつけになってから、泣いて詫わびたって聞かぬぞ。」

왕은 번쩍 얼굴을 들며 응수했다. "입으로야 아무리 고결한 말도 할 수 있지. 하지만 나는 사람의 뱃속 깊은 속셈까지 훤히 들여다보이는 법이다. 너도 결국, 십자가형에 처해지고 나서 울며 사죄한들, 나는 절대 용서하지 않을 것이다."

디오니스 왕은 왕좌에 앉아 성난 표정으로 성 안에 난입한 메로스를 내려다보았습니다. 그의 입장에서는 한 촌부가 왕의 정치를 비판하며 나타난 것이죠. 메로스는 왕의 공포 정치에 항의하며, 백성을 신뢰하지 않는 통치는 오래 지속될 수 없다고 외쳤습니다. 왕은 그런 메로스를 비웃으며, 누구도 믿을 수 없는 세상에서 사람은 결국 배신한다고 단언합니다. 이에 메로스는 정의를 증명하겠다는 굳은 의지를 보였고, 왕은 결국 메로스를 붙잡아 가두라고 명령합니다.

감옥에 갇힌 메로스는 여동생의 결혼식이 가까워졌음을 떠올리며, 왕에게 일시적으로 석방해 줄 것을 간청합니다. 메로스는 반드시 다시 돌아올 것이라 다짐하며, 자신이 돌아오지 않을 경우 대신 죽을 볼모를 남기겠다는 조건을 제시하죠. 왕은 흥미를 느끼고 메로스의 제안을 받아들이고는, 메로스가 돌아오지 않으면 볼모를 대신 죽이겠다는 냉혹한 약속을 합니다.

메로스는 그 길로 곧장 친구 셀리누티우스를 찾아갑니다. 갑작스레 나타난 메로스의 초췌한 모습에 놀란 셀리누티우스는, 그의 사정을 듣고 잠시 고민에 빠지지만, 친구의 진심을 믿고 기꺼이 목숨을 맡기기로 하죠. 두 사람은 눈빛을 나누며 서로 약속을 굳게 맺고, 셀리누티우스는 왕의 명령에 따라 곧바로 왕궁으로 향합니다.

sentence 080

ああ、王は悧巧(りこう)だ。自惚(うぬぼ)れているがよい。私は、ちゃんと死ぬる覚悟で居るのに。命乞いなど決してしない。

아아, 왕은 영리하군요. 잘난 척이나 하며 자만하고 있으시죠. 저는 분명히 죽을 각오가 되어 있습니다. 목숨을 구걸하는 일 따윈 결코 하지 않을 겁니다.

sentence 081

そんなに私を信じられないならば、よろしい、この市にセリヌンティウスという石工がいます。私の親友です。彼を、人質としてここに置きます。私が逃げて、三日目の日暮まで、ここに帰って来なかったら、彼を絞め殺して下さい。お願いいたします、そうして下さい。

저를 그렇게 믿을 수 없으시다면, 좋습니다. 이 도시에 셀리누티우스라는 석공이 있습니다. 제 소중한 친구입니다. 그를 인질로 이곳에 두겠습니다. 제가 달아나 사흘째 해 질 녘까지 돌아오지 않는다면, 그 친구를 목 졸라 죽이십시오. 부탁이니 그렇게 해 주십시오.

sentence 082

それを聞いて王は、残虐な気持で、そっと北曳笑^{ほくそえ}んだ。生意気なことを言うわい。どうせ帰って来ないにきまっている。この嘘つきに騙^{だま}された振りして、放してやるのも面白い。そうして身代りの男を、三日目に殺してやるのも気味がいい。人は、これだから信じられぬと、わしは悲しい顔して、その身代りの男を磔刑に処してやるのだ。世の中の、正直者とかいう奴輩^{やつばら}にうんと見せつけてやりたいものさ。

그 말을 들은 왕은 잔혹한 마음으로 슬며시 비웃었다. 건방진 소리를 하는군. 어차피 돌아오지 않을 게 뻔하지. 이 거짓말쟁이에게 속아주는 척하고 풀어주는 것도 재미있겠지. 그러고 나서 그 대역 남자를 사흘째 되는 날에 죽여버리는 것도 기분이 좋을 거야. '역시 인간은 믿을 수 없다'라며 내가 슬픈 얼굴로 그 대역을 십자가형에 처하는 거지. 세상의 정직한 자들이란 놈들에게 실컷 본때를 보여주고 싶군.

메로스는 여동생의 결혼식 참석을 위해 서둘러 고향으로 향했습니다. 고된 여정이었지만 그는 발걸음을 멈출 수 없었습니다. 고향에 도착한 그는 최선을 다해 여동생의 결혼식을 도왔고, 결혼식 당일 아침, 그는 여동생의 행복한 모습을 보며 작은 위안을 느꼈습니다.

하지만 기쁨도 잠시, 그는 결혼식이 끝나자마자 다시 왕궁을 향해 길을 떠나야 하는 운명이었죠. "약속을 어길 수는 없다. 셀리누티우스를 배신할 수는 없어." 그는 조용히 다짐하며 먼 길을 재촉했습니다.

그러나 메로스의 여정은 순탄치 않았습니다. 강을 건너던 중 갑작스러운 홍수에 휘말려 물속으로 빠질 뻔했고, 가까스로 육지로 올라왔을 때는 이미 많은 시간이 흘러 있었습니다. 그는 몸을 덜덜 떨면서도 나아가기 위해 젖은 옷을 짜냈습니다.

그러나 얼마 가지 않아 이번에는 도적들에게 가로막혔죠. 도적들은 그의 가방을 빼앗으려 하였고, 메로스는 싸움을 피할 수 없음을 깨닫고 필사적으로 맞섰습니다. 결국 온몸에 상처를 입고 나서야 도적들을 물리칠 수 있었습니다.

시간은 빠르게 흘렀고, 기절 직전임에도 메로스의 머릿속에는 오직 약속을 지켜야 한다는 생각뿐이었습니다. 그때, 셀리누티우스의 제자 필로스트라토스를 만나게 되고, 지금 막 사형이 집행되려고 한다는 소식을 듣습니다. 발걸음을 재촉하는 메로스에게 필로스트라토스는 이미 늦었다며 포기하라 말했지만, 메로스는 희망의 끈을 놓지 않았습니다.

왕궁이 눈앞에 보이기 시작했을 때, 메로스는 걸을 힘조차 남아 있지 않았습니다. 숨이 가빠오고 다리는 무겁게 느껴졌지만, 마지막 힘을 짜내야만 했습니다.

한편, 셀리누티우스의 처형대 근처로 모여든 사람들은 침통한 표정으로 그를 바라보았습니다. 하지만 셀리누티우스는 조금도 두려워하는 기색 없이 사람들 앞에서 담담히 말했습니다. "메로스는 반드시 돌아올 것입니다. 나는 그와의 약속을 믿습니다." 디오니스 왕은 비웃으며 처형을 서두르라고 명령했습니다.

그때, 멈추라는 외침이 들려왔습니다. 모두가 소리를 따라 고개를 돌리자, 한 남자가 처형대를 향해 달려오고 있었습니다. 바로 메로스였죠. 디오니스 왕은 믿을 수 없다는 듯 메로스를 바라보았습니다.

메로스는 "죽임을 당해야 할 것은 바로 자신"이라며 처형대 위에서 셀리누티우스를 붙잡고 늘어졌고, 왕은 그를 보며 한동안 말을 잇지 못했습니다. 그러더니 마침내 처형을 중단하라는 명령을 내렸죠.

sentence 083

新郎新婦の、神々への宣誓が済んだころ、黒雲が空を覆い、ぽつりぽつり雨が降り出し、やがて車軸を流すような大雨となった。祝宴に列席していた村人たちは、何か不吉なものを感じたが、それでも、めいめい気持を引きたて、狭い家の中で、むんむん蒸し暑いのも怺^{こら}え、陽気に歌をうたい、手を拍^うった。

신랑 신부가 신들에게 맹세를 마칠 무렵, 먹구름이 하늘을 덮더니 빗방울이 하나둘 떨어지기 시작했고, 이윽고 차축을 씻어내릴 듯한 폭우로 바뀌었다. 축하연에 참석한 마을 사람들은 어딘가 불길한 기운을 느꼈지만, 그래도 각자 마음을 다잡고, 좁고 후텁지근한 집 안에서 무더운 것도 참고, 명랑하게 노래를 부르며 손뼉을 쳤다.

sentence 084

私がいなくても、もうおまえには優しい亭主があるのだから、決して寂しくないよ。このお兄さんが一ばんきらいなものは、人を疑う事と、それから、嘘をつく事だ。

내가 없어도 이제 너에게는 다정한 남편이 있으니 절대 외롭지 않을 거야. 이 오라버니가 가장 싫어하는 것은 사람을 의심하는 것과 거짓말하는 것이지.

sentence 085

ふと耳に、潺々(せんせん)、水の流れる音が聞えた。そっと頭をもたげ、息を呑んで耳をすました。すぐ足もとで、水が流れているらしい。よろよろ起き上って、見ると、岩の裂目から滾々(こんこん)と、何か小さく囁(ささや)きながら清水が湧き出ているのである。その泉に吸い込まれるようにメロスは身をかがめた。水を両手で掬(すく)って、一くち飲んだ。ほうと長い溜息が出て、夢から覚めたような気がした。

문득 귀에 졸졸, 물 흐르는 소리가 들렸다. 살짝 머리를 들고, 숨을 죽인 채 귀를 기울였다. 바로 발밑에서 물이 흐르는 듯했다. 비틀거리며 일어나 보니, 바위 틈에서 졸졸 흐르며 맑은 샘물이 솟고 있었다. 메로스는 그 샘물에 이끌리듯 몸을 낮췄다. 두 손으로 물을 떠서 한 모금 마셨다. 후— 하고 긴 한숨이 나왔고, 마치 꿈에서 깨어난 듯한 기분이 들었다.

sentence 086

歩ける。行こう。肉体の疲労恢復(かいふく)と共に、わずかながら希望が生れた。義務遂行の希望である。わが身を殺して、名誉を守る希望である。

걸을 수 있다. 가자. 육체의 피로가 회복됨과 함께, 비록 조금이나마 희망이 생겨났다. 그것은 의무를 완수하려는 희망이다.

내 몸을 희생해서라도 명예를 지키려는 희망이다.

sentence 087

斜陽は赤い光を、樹々の葉に投じ、葉も枝も燃えるばかりに輝いている。日没までには、まだ間がある。私を、待っている人があるのだ。

석양은 붉은빛을 나무 잎사귀에 비추고, 잎도 가지도 타오르듯이 빛나고 있다. 해가 지기까지는 아직 시간이 있다. 나를 기다리고 있는 사람이 있다.

sentence 088

少しも疑わず、静かに期待してくれている人があるのだ。私は、信じられている。私の命なぞは、問題ではない。死んでお詫び、などと気のいい事は言って居られぬ。

조금도 의심하지 않고, 조용히 나를 믿고 기다려주는 사람이 있다. 나는 믿음을 받고 있다. 내 목숨 따위는 중요하지 않다. 죽음으로 속죄하겠다는 따위의 한가한 소리를 하고 있을 때가 아니다.

sentence 089

再び立って走れるようになったではないか。ありがたい！
私は、正義の士として死ぬ事が出来るぞ。

다시 일어나 달릴 수 있게 되지 않았는가. 감사하다! 나는 정의로운 사람으로서 죽을 수 있을 것이다.

왕은 메로스를 풀어주며 그에게 말했습니다. "네가 보여준 믿음은 내게 큰 깨달음을 주었다. 나도 그대의 동료로 받아줄 수 없겠는가." 군중은 환호하며 두 친구를 축복했습니다. 그렇게 각자의 이유로 흔들렸지만, 끝내 믿음을 잃지 않고 재회한 두 친구는 마침내 뜨거운 포옹을 나눕니다. 두 사람의 우정과 믿음은 사람들의 마음에 깊이 새겨졌고, 그들의 이야기는 오랜 세월 동안 전설로 전해지게 되었습니다.

《달려라 메로스》는 전후 일본 문단에서 '다자이의 기적'이라고 불리는 단편으로, 약속과 신뢰라는 주제를 통해 깊은 울림을 전달하는 작품입니다. 이 작품은 독일 시인 프리드리히 폰 실러의 시 〈인질〉에서 영감을 받아 재구성하였습니다. 메로스의 여정은 단순한 우정과 용기의 서사가 아니라, 개인의 신념이 타인과의 관계에서 어떻게 시험받고 성숙해지는지를 보여주죠. 다자이가 평생 품었던 인간 불신의 그림자를 잠시 걷어낸 순간이었던 겁니다.

그는 대표작《인간실격》에서 "나는 인간이 되지 못했다"라고 고백할 만큼, 자신의 존재에 대해 깊은 절망을 드러냅니다. 하지만《달려라 메로스》에서는 정반대죠. 그는 이 작품에서 "인간은 믿을 수 있는 존재이다"라는, 자신이 끝내 도달하고 싶었고 신뢰하고 싶었던 세계를 그려냅니다.

이처럼 다자이가 써 내려간 메로스와 셀리누티우스의 관계는 그저 의무와 희생만 존재하는 사이가 아니라고 보입니다. 서로의 믿음을 기반으로 한 상호 의존적 관계를 통해 진정한 인간다움을 확인하는 과정인 것입니다. 개인주의로 인해 신뢰가 약해진 현대의 우리에게 메로스의 태도는 서로 간의 신뢰가 얼마나 가치 있는지를 되새기게 해줍니다.

작품의 또 다른 중요한 주제는 인간의 책임과 도덕적 성장입니다. 메로스는 처음에는 자신의 정의감에 의해 폭군 디오니스와 대치합니다. 그러나 메로스는 이후 자신만을 위해 싸우는 것이 아니라, 자기 행동이 친구 셀리누티우스에게 미칠 영향을 먼저 생각하는 모습으로 변합니다.

책임감 있는 메로스의 행동은 디오니스 왕조차도 변화시켰습니다. 사람들을 끊임없이 의심하고 불신으로 다스리던 왕이 신뢰가 가져오는 인간관계의 아름다움을 깨달은 것이죠. 디오니스 왕과 같이 생각하던 독자들 역시 마찬가지로 깨닫게 됩니다. 타인을 신뢰하는 것은 두려운 일이지만, 그 신뢰를 통해 관계가 깊어지고 인간으로서 성장할 수 있다는 사실은 변하지 않는다는 것을 말이죠.

이러한 이유로 메로스가 달리는 과정은 오직 시간에 맞춰 돌아가는 것이 목표인 경주가 아닙니다. 그는 고난 속에서 끊임없이 자신에게 되묻습니다. "나는 왜 달리는가?", "셀리누티우스는 나를 믿을 수 있는가?", "나는 내 약속을 지킬 수 있는가?"와 같은 메로스의 질문들은 인간이 스스로의 가치를 시험하고 확인하는 과정으로 읽힙니다. 현대 사회의 우리는 끊임없는 경쟁 속에서 목표와 신념을 상실하기 쉽습니다. 그러나 메로스는 끝까지 자신의 의지를 붙들고, 그 의지를 행동으로 증명하였습니다.

메로스와 셀리누티우스는 서로에게 의지하며 믿음을 나누었고, 그 믿음은 디오니스 왕의 마음까지 움직였습니다. 이는 신뢰와 희생이 개인적인 가치를 넘어, 사회 전체에 긍정적인 변화를 불러올 수 있다는 사실을 떠올리게 합니다. 주인공 메로스처럼 약속을 목숨과도 같이 지키고, 관계를 깊게 만드는 사람이 되겠다고 결심해 보면 어떨까요. 그것이 때로는 고통스럽고 외로운 길일지라도, 결국에는 가장 인간다운 삶에 다가가는 길일 테니까요.

내 문장 속 다자이 오사무

작품의 주제를 담고 있는 아래 문장을 읽고, 자기만의 방식으로 의역하거나 필사하면서 다자이 오사무의 문장을 마음에 새겨보세요.

sentence 090

私は、信頼に報いなければならぬ。いまはただその一事だ。走れ！ メロス。

나는, 그 신뢰에 반드시 보답해야 한다. 지금은 오직 그 한 가지뿐이다. 달려라! 메로스.

Part. 3
가족이란 약점

나를 만든, 그러나
이해할 수 없는 사람들

당신의 연약함은
나의 죄

3-1

桜桃_앵두

무더운 여름 저녁, 좁은 방에 온 가족이 모여 저녁 식사를 하고 있습니다. 세 아이는 제각기 떠들고 장난치며 소란스럽지만, 아버지는 땀으로 흠뻑 젖은 얼굴을 수건으로 닦아내며 불평합니다. "밥 먹으면서 땀 흘리는 게 얼마나 천박한 일인지 옛 사람들도 비웃었다"라며 불평불만을 늘어놓던 그는 아이들의 끊임없는 소란에 결국 체념한 듯 농담을 던지죠. 한편 어머니는 한 손으로 막내를 품에 안고 젖을 물리며, 다른 손으로 장녀와 장남의 음식을 챙기고, 흘린 음식을 닦아내는 등 정신없이 움직입니다.

어머니가 남편을 바라보며 농담처럼 "왜 코에서 땀을 가장 많이 흘리냐"라고 물으면, 아버지는 아내의 농담을 가볍게 받아넘기며 자신은 코에서만 아니라 어디서든 땀이 난다며 투덜

거립니다. 그러자 어머니는 자신의 가슴 사이를 가리키며 "눈물의 골짜기"라고 응수합니다. 이 말은 단순한 농담이 아니라, 그녀가 감내하고 있는 고된 삶과 눈물 속에서도 웃음을 잃지 않으려는 내면을 암시하고 있는 것이죠. 이에 적당한 말이 떠오르지 않던 아버지는 잠시 침묵하다가 결국 고개를 숙이고 식사를 계속합니다.

평소 아버지는 집에서 항상 농담을 던지며 밝은 분위기를 유지하려 노력합니다. 식사 중 아이들의 시끄러운 장난에도 웃으며 농담으로 받아넘기고, 어머니가 피곤한 기색을 보이면 이를 농담으로 풀어주려 애씁니다. "아버지는 유쾌한 사람이니까, 집안의 기둥이 되어야지"라고 자기를 다독이며, 웃음을 가장한 일종의 방어막을 세운 것이었습니다. 그러나 속으로는 돈 문제와 아이들을 양육해야 한다는 부담감, 그리고 둘째 아들의 건강 상태로 인해 늘 불안과 초조함에 시달리곤 했습니다.

sentence 091

子供より親が大事、と思いたい。子供のために、などと古風な道学者みたいな事を殊勝らしく考えてみても、何、子供よりも、その親のほうが弱いのだ。少くとも、私の家庭においては、そうである。

아이보다 부모가 더 중요하다고 생각하고 싶다. 아이를 위해서라며 고리타분한 도학자 같은 생각을 해 보아도, 결국 아이보다 부모 쪽이 더 약한 법이다. 적어도 우리 가정에서는 그러하다.

sentence 092

まさか、自分が老人になってから、子供に助けられ、世話になろうなどという図々しい虫(むし)のよい下心は、まったく持ち合わせてはいないけれども、この親は、その家庭において、常に子供たちのご機嫌(きげん)ばかり伺っている。

내가 노인이 되어 아이들에게 도움을 받거나 신세를 지려는 뻔뻔한 속셈 같은 것은 전혀 없지만, 이 부모는 가정에서 늘 아이들의 비위를 맞추고 있다.

sentence 093

それでも、既にそれぞれ、両親を圧倒し掛けている。父と母は、さながら子供たちの下男下女の趣きを呈しているのである。

그럼에도 이미 아이들 각자가 부모를 압도하려 하고 있다. 아버지와 어머니는 마치 아이들의 하인처럼 보일 지경이었다.

sentence 094

私は家庭に在あっては、いつも冗談を言っている。それこそ「心には悩みわずらう」事の多いゆえに、「おもてには快楽けらく」をよそわざるを得ない、とでも言おうか。

나는 집에서는 늘 농담을 한다. 그야말로 "마음속에는 고뇌와 번뇌가 가득하기에, 겉으로는 즐거움을 가장하지 않을 수 없다"라고 말해야 할까.

sentence 095

そうして、客とわかれた後、私は疲労によろめき、お金の事、道徳の事、甚だしくは自殺の事を考える。いや、それは人に接する場合だけではない。小説を書く時も、それと同じである。私は、悲しい時に、かえって軽い楽しい物語の創造に努力する。

그리고 손님과 헤어진 뒤에는 지쳐 비틀거리며 돈 문제, 도덕 문제, 심지어 자살에 대해서까지 생각한다. 아니, 그것은 사람을 대할 때뿐만 아니라 소설을 쓸 때도 마찬가지다. 나는 슬플 때 오히려 가볍고 즐거운 이야기를 창작하려고 애쓴다.

그중에서도 부모가 가장 회피하고 싶은 것은 둘째 아들의 문제였습니다. 아들은 네 살이 되었음에도 아직 걷지도 말하지도 못하며, 또래보다 훨씬 작고 허약했습니다. 부모는 둘째의 상태를 인정하고 싶지 않아 '백치'나 '장애'라는 단어를 서로의 앞에서 절대 꺼내지 않았습니다. 그저 발달이 늦는 것뿐이길 간절히 바라며, 아이를 조심스럽게 돌보고 있을 뿐이었죠. 그들의 희망 속에는 깊은 두려움이 숨어 있고, 두려움 속에는 아이를 향한 애정이 자리하고 있었습니다.

그렇지만 아버지는 가끔 둘째를 품에 안고 강물에 몸을 던져 아이와 함께 생을 끝내버리고 싶다는 생각을 하기도 합니다. 이러한 극단적인 생각이 떠오를 때마다 마음속 깊은 죄책감과 책임감에 몸을 떨며 이를 억눌렀지요. 그런 그가 가장 억누르기 힘들었던 것은 바로 아내의 모습이었습니다. 아이를 끌어안은 채 아무 말 없이 오랜 시간 아이를 달래는 아내의 모습이 그를 더욱 작아지게 했습니다.

어느 날 밤, 아버지는 어머니에게 가사 노동을 덜기 위해 사람을 고용하자고 조심스럽게 말합니다. 하지만 어머니는 단호히 "쉽게 사람을 구하기 어렵다"라며 반대합니다. 아버지는 반박하려다 그녀의 냉정한 표정에 눌려 더는 말을 잇지 못하죠. 두 사람은 대화로 서로를 이해하려 하지만, 말이 오갈수록 누적된 불만이 드러날까 두려워 결국 서로를 피하며 침묵합니다.

대화가 끝난 뒤, 아버지는 책상 위에 흩어진 원고와 사전을 정리하여 듭니다. 아버지는 아내를 쳐다보지도 않은 채, 작업실에 가서 글을 쓰고 오겠다며 서둘러 밖으로 나섭니다.

sentence 096

「誰か、人を雇いなさい。どうしたって、そうしなければ、いけない。」
と、母の機嫌を損じないように、おっかなびっくり、ひとりごとのように呟く。
子供が三人。父は家事には全然、無能である。蒲団さえ自分で上げない。

"누군가를 고용해. 어쩔 수 없어, 반드시 그렇게 해야 해."
아버지는 어머니의 기분을 상하지 않게 하려고 조심스럽게, 혼잣말처럼 중얼거렸다.
아이 셋. 아버지는 집안일에 완전히 무능하다. 이불조차 스스로 개지 않는다.

sentence 097

父も母も、この長男について、深く話し合うことを避ける。白痴、唖、…… それを一言でも口に出して言って、二人で肯定し合うのは、あまりに悲惨だからである。母は時

々、この子を固く抱きしめる。父はしばしば発作的に、この子を抱いて川に飛び込み死んでしまいたく思う。

아버지도 어머니도, 이 장남에 대해 깊이 이야기하는 것을 피한다. '백치, 벙어리…' 그 단어들을 단 한 마디라도 입 밖에 내고, 두 사람이 그것을 서로 인정하는 것은 너무나도 비참한 일이기 때문이다. 어머니는 때때로 이 아이를 꼭 껴안는다. 아버지는 종종 충동적으로 이 아이를 안고 강물에 뛰어들어 함께 죽고 싶다고 느낀다.

sentence 098

こんな新聞の記事もまた、私にヤケ酒を飲ませるのである。ああ、ただ単に、発育がおくれているというだけの事であってくれたら！

이런 신문 기사 한 줄조차 나를 자포자기한 술로 몰아넣는다. 아, 그저 단순히 발육이 늦어진 것일 뿐이라면 얼마나 좋을까!

sentence 099

この長男が、いまに急に成長し、父母の心配を憤り嘲笑(ちょうしょう)するようになってくれたら！　夫婦は親戚(しんせき)にも友人にも誰にも告げず、ひそかに心でそれを念じながら、表面は何も気にしていないみたいに、長男をからかって笑

っている。

이 장남이 언젠가는 갑자기 성장해서, 부모의 걱정을 분노하며 비웃어 줄 수만 있다면! 부부는 그런 바람을 마음속 깊이 간절히 품은 채, 친척이나 친구 누구에게도 말하지 않고, 겉으로는 아무렇지 않은 듯 장남을 놀리며 웃고 있다.

sentence 100

母も精一ぱいの努力で生きているのだろうが、父もまた、一生懸命であった。もともと、あまりたくさん書ける小説家では無いのである。

어머니도 온 힘을 다해 살아가고 있겠지만, 아버지 역시 최선을 다하고 있었다. 원래부터 아버지는 글을 많이 쓰는 소설가가 아니었다.

어머니는 남편의 모습을 가만히 지켜보다 조용히 말을 꺼냅니다. "동생이 위독하다고 해서 병문안을 가야 할 것 같아요." 그녀의 목소리에는 지친 기색이 묻어 있었지만, 아버지는 잠시 멈칫할 뿐 별다른 반응을 보이지 않습니다. 그는 아내가 자신에게 모든 것을 맡기고 가려는 것 같아 왠지 억울한 마음이 듭니다.

그러나 그것을 드러낼 용기도, 다툴 힘도 없었죠. 두 사람 사이에 내려앉은 침묵은 피로와 체념으로 가득 차 있지만, 서로의 사정을 이해하려는 미묘한 노력도 담겨 있습니다.

결국 아버지는 문을 열고 천천히 집 밖으로 나섭니다. 작업실로 향하는 발걸음은 무겁고 머릿속은 뒤엉켜 있습니다. 글을 써야 한다는 핑계로 집을 나왔지만, 정작 글을 쓸 의욕은 전혀 없었던 것이죠. 머릿속은 점점 자살 생각으로 가득 찹니다. 삶을 끝내버리면 모든 문제가 사라질 것 같은 유혹에 사로잡히면서도, 집에 남겨질 가족들의 얼굴이 떠올라 마음이 무거워집니다. 아버지는 "지금 이대로 끝내고 싶다"라는 생각과 "아직은 가족을 지켜야 한다"라는 책임감 사이에서 갈등하며, 천천히 술집으로 발길을 옮기죠.

술집에 도착한 아버지의 앞에는 술잔과 앵두 한 접시가 놓여 있습니다. 그는 억지웃음을 지으며 잔을 비웁니다. 가족 안에서 느끼는 책임감과 압박감, 그리고 자신에 대한 실망이 모두 뒤섞여, 술을 마시지 않고선 견딜 수 없었던 것이죠. "오늘은 그냥 여기서 머물고 싶네요." 술에 취한 그는 중얼거리듯, 집으로 돌아가지 않겠다는 결심을 굳힙니다.

하지만 그것도 잠시, 한쪽에 놓인 앵두를 본 아버지는 집에 남은 아이들을 떠올립니다. 앵두를 손에 들고 집에 가져가면 아이들이 얼마나 좋아할지 상상하니 한숨이 절로 나옵니다. "애들한테 이런 걸 먹여 본 적이 없구나." 그는 혼잣말하고는 앵두를 한입 뭅니다. 앵두는 쓸쓸하고 무미건조한 맛이었죠. 아버지는 자신에게 "지금은 아이들보다 내가 더 중요하다"라고 되뇌며 자신을 설득하려 합니다.

그는 술잔을 들이키며 앵두를 조금씩 먹습니다. 입안에 남은 앵두의 단맛은 마음속에 점점 더 큰 갈등을 불러일으키죠. 앵두를 아이들에게 가져다주지 않았다는 죄책감과 자신이 감당할 수 없는 책임에서 벗어나고 싶다는 마음 사이에 갇힌 기분이었습니다. 그는 자신을 다독여보지만, 무력감은 이미 마음 깊숙이 뿌리를 내리고 있었습니다. 술잔에 의지하여 현실을 잊기에는 아이들과 가족의 얼굴이 끊임없이 떠오르는 것입니다.

sentence 101

お前はおれに、いくぶんあてつける気持で、そう言ったのだろうが、しかし、泣いているのはお前だけでない。おれだって、お前に負けず、子供の事は考えている。自分の家庭は大事だと思っている。

너는 나에게 약간 빈정거리듯이 그렇게 말한 거겠지만, 그러나 울고 있는 건 너만이 아니야. 나도 너 못지않게 아이에 대해서 생각하고 있어. 내 가정도 소중하다고 생각하고 있다고.

sentence 102

生きるという事は、たいへんな事だ。あちこちから鎖がからまっていて、少しでも動くと、血が噴ふき出す。

사는 일은 참으로 힘든 일이다. 이곳저곳에서 사슬이 얽혀 있어서, 조금이라도 움직이면, 피가 터져 나온다.

sentence 103

私の家では、子供たちに、ぜいたくなものを食べさせない。子供たちは、桜桃など、見た事も無いかもしれない。食べさせたら、よろこぶだろう。父が持って帰ったら、よろこぶだろう。

우리 집에서는 아이들에게 사치스러운 음식을 먹이지 않는다. 아마 아이들은 앵두 같은 건 본 적조차 없을지도 모른다. 먹여 준다면 분명 기뻐할 것이다. 아버지가 그것을 집에 가져간다면, 틀림없이 기뻐할 것이다.

sentence 104

しかし、父は、大皿に盛られた桜桃を、極めてまずそうに食べては種を吐はき、食べては種を吐き、食べては種を吐

き、そうして心の中で虚勢みたいに呟く言葉は、子供よりも親が大事。

 그러나 아버지는, 큰 접시에 담긴 앵두를 몹시 맛없다는 듯 먹고는 씨를 뱉고, 또 먹고는 씨를 뱉고, 계속해서 먹고는 씨를 뱉으며, 속으로 마치 허세처럼 중얼거렸다. "아이보다도 부모가 더 중요하다."

 결국 그는 "아이들보다 부모가 더 약하다"라는 말을 되뇌며, 술잔을 내려놓습니다. 아버지는 가족을 사랑하지만, 그 사랑이 자신을 약하고 무기력하게 만든다는 사실을 뼈저리게 느껴왔습니다. 그렇기에 가족을 위해 무엇이든 해야 한다는 의무감과 자신이 아무것도 할 수 없다는 좌절감 사이에서 끝없는 혼란을 겪은 것입니다. 이야기는 아버지가 자기 한계를 인정하며, 흔들리는 마음을 안고 밤을 보내는 모습으로 끝이 납니다.

 《앵두》는 다자이 오사무의 섬세한 필체로 가족 간의 사랑과 갈등, 부모의 책임감과 무력감을 다룬 작품입니다. 작품은 겉보기에 단순한 일상의 에피소드처럼 보이지만, 주인공인 아버지의 내면을 중심으로 전개되면서 인간의 연약함과 가족의 본질을 향한 본질적인 질문을 던지죠. 특히, 부모와 자식이라는 관계를 통해 삶의 책임과 사랑, 그리고 그것이 가져오는 고통이

진솔하게 묘사되어 강한 공감을 불러일으킵니다.

작품 속 아버지는 끊임없이 자신이 얼마나 연약한 존재인지 깨닫습니다. 그는 농담을 던지며 애써 화기애애한 분위기를 만들려 하지만, 그 모든 노력은 자신의 무력함을 감추기 위한 방어 기제에 불과합니다. 둘째 아들의 상태를 인정하기 어려워하면서도, 그를 지키고자 하는 본능적인 책임감 사이에서 갈등한 것처럼 말이죠.

빠르게 변화하는 세상에서 개인은 종종 자신이 짊어진 책임감에 짓눌리거나, 가족과의 관계에서 이해받지 못한다고 느낍니다. 작품 속 아버지의 모습은 이러한 현대인의 심리를 대변합니다. 그가 자신의 무력감을 깨닫고도 가족과 관계를 지속하려 노력하는 모습은, 우리 삶에서 사랑이 얼마나 중요한지 상기시킵니다. 특히, 가족 간의 소통과 유대감이 점점 약화되고 있는 현대 사회에는 더욱 중요한 가치일 것입니다.

다자이 오사무는 죽기 약 한 달 전에 이 작품을 발표하였습니다. 《앵두》가 발표된 직후인 같은 해 6월 13일, 다자이는 연인과 함께 타마강에서 투신 자살을 시도했고, 6월 19일에 그의 유해가 발견되었습니다. 이로 인해 매년 6월 19일이 일본에서는 '앵두기(桜桃忌)'로 불리게 됩니다.

이 점을 미루어 볼 때, 이 작품의 결말은 단순한 주인공의 회피가 아닙니다. 그가 연약함 속에서도 가족을 사랑하고 그러한 자신을 애써 다독이는 것은 다자이가 세상을 떠나는 순간까지 붙들고 있던 인간의 본질을 보여줍니다.

   작품의 가장 중요한 가치는 아버지가 연약함 속에서도 가족을 사랑하고, 책임을 다하려 애쓰는 과정에서 드러납니다. 삶이라는 것은 단순한 생존이 아닙니다. 《앵두》의 주인공처럼 스스로의 약함과 마주하고 책임을 짊어지는 태도 또한 삶이 될 수 있는 것이죠. 인간은 완벽하지 않으며, 그 안에서 갈등하고 방황하다가 실패하기도 합니다. 그러나 그 과정 자체가 삶의 일부이며, 이를 통해 우리는 성장하고 성숙해질 수도 있습니다.

🕯 내 문장 속 다자이 오사무

작품의 주제를 담고 있는 아래 문장을 읽고, 자기만의 방식으로 의역하거나 필사하면서 다자이 오사무의 문장을 마음에 새겨보세요.

sentence 105

> 子供より親が大事、と思いたい。子供よりも、その親のほうが弱いのだ。

아이보다 부모가 더 소중하다고, 그렇게 믿고 싶다. 아이보다도, 그 부모 쪽이 더 약한 존재이기 때문이다.

....

....

....

....

....

....

나를 부르는
익숙한 목소리

3-2

母_어머니

    1945년 8월, 전쟁이 끝난 직후 주인공은 혼슈 북단의 쓰가루 지방으로 피난을 가게 됩니다. 약 1년 3개월간 이어진 이 피난 생활에서 주인공은 대부분 집에 틀어박혀 외부와 단절된 시간을 보냅니다. 그는 여행이나 긴 외출을 하지 않고 지내다가, 단 한 번 짧은 외출을 하죠. 그곳은 쓰가루반도의 한 항구 마을로, 기차를 타고 3~4시간이 걸렸습니다. 하룻밤을 여관에서 묵고 돌아오는 소박한 외출이었지만, 그곳에서 주인공은 슬프고도 기묘한 사건을 경험하게 됩니다.

    피난 시절, 주인공은 자신이 다른 사람들을 찾아가는 일도, 그를 찾아오는 사람도 거의 없었습니다. 하지만 간혹 징집에서 해방된 청년들이 작가인 주인공을 찾아와 소설과 문화에 관해 대화를 나누는 일이 있었습니다. 그러던 어느 날, 한 청년이 주인공에게 "지방문화란 무엇입니까?"라고 물었습니다. 주인공은 탁주, 딸기주, 사과주와 같은 술이나 지역의 음식을 예로 들며, 지역 특산물을 맛있고 독창적으로 만들기 위한 노력으로 지방문화가 만들어진다고 답하죠. 청년은 새로운 방식으로 빚은 탁주를 가져오겠다며 흥미를 보이고 떠납니다.

며칠 후, 청년은 약속대로 술과 도시락을 들고 주인공을 찾아옵니다. 청년은 "선생님께 지방문화의 연구를 위해 특별히 준비한 술입니다"라며 술을 권하고, 주인공은 그 술을 맛보며 감탄하죠. 술은 청주처럼 맑고 강한 호박색을 띠었으며, 알코올 도수도 상당히 높은 듯했습니다. 청년은 이번에는 도시락을 열어 살모사 데리야키를 내밀며, 이 또한 지방문화의 연구 결과라며 시식해 보기를 권합니다. 주인공은 처음에는 망설였지만, 끝내 청년의 설득에 먹어보고, 그 맛에 묘한 기분을 느낍니다.

sentence 106

それでも時たま、復員の青年などが、小説の話を聞かして下さい、などと言ってやって来る。
「地方文化、という言葉がよく使われているようですが、あれは、先生、どういう事なんでしょうか。」

그래도 가끔, 전쟁이 끝나고 군대에서 돌아온 젊은이들이 "선생님의 소설 이야기를 좀 들려주세요"라고 하며 찾아오곤 한다. "'지방 문화'라는 말을 요즘 자주 들을 수 있는데요, 선생님, 그건 무슨 뜻인가요?"

sentence 107

濁酒に限らず、イチゴ酒でも、桑^{くわ}の実酒でも、野葡萄^{のぶどう}の酒でも、リンゴの酒でも、いろいろ工夫^{くふう}して、酔い心地のよい上等品を作る。たべものにしても同じ事で、この地方の産物を、出来るだけおいしくたべる事に、独自の工夫をこらす。

탁주뿐만 아니라 딸기 술, 뽕나무 열매 술, 야생 포도 술, 사과 술 같은 것도 다양하게 연구해서, 취기가 좋은 고급 제품을 만들어야지. 음식도 마찬가지로, 이 지역에서 나는 특산물을 최대한 맛있게 먹을 수 있도록 독창적인 아이디어를 내야 해.

sentence 108

そうです。マムシの照り焼です。これもまた、地方文化の一つじゃないでしょうか。この地方の産物を、出来るだけおいしくたべる事に、独自の工夫をこらした結果、こんなものが出来上ったんです。地方文化研究のためにも、たべてみて下さい。

그렇습니다. 살모사 데리야키입니다. 이것도 지방문화의 하나가 아닐까요? 이 지방의 산물을 최대한 맛있게 먹으려는 독창적인 연구의 결과로, 이런 요리가 탄생한 것입니다. 지방문화 연구를 위해서라도 드셔 보세요.

청년은 그를 향해 웃으며 자신이 조금 전 준 술이 사실은 탁주가 아니라 위스키와 다른 술을 섞은 것이고, 살모사 데리야키도 사실은 그냥 뱀이라고 고백합니다. 이 장난에 주인공은 황당해하면서도, 자신을 이토록 멋지게 속인 청년의 재치와 호기를 높이 삽니다. 주인공은 이 청년이 장차 크게 성공할 수 있다고 생각하며 그와 더욱 친해지죠.

이후, 청년은 주인공을 자신의 집으로 초대합니다. 그는 바닷가에 있는 여관에서 맛있는 생선과 풍성한 지방 음식을 대접하겠다고 말하며 적극적으로 권합니다. 주인공은 초대를 받아들여 항구 마을을 향해 기차로 3~4시간을 이동합니다.

청년은 말쑥한 양복 차림으로 기차역에 나와 주인공을 맞이하죠. 주인공은 그의 이전과는 다른 멋진 모습에 놀라며 그 이유를 묻고, 청년은 여행의 즐거움을 위해 일부러 변장하고 떠나는 것은 좋은 놀이의 한 방식이라고 답합니다.

항구 마을은 겨울 풍경 속에서도 활기가 넘치고 있었습니다.

주인공은 청년과 함께 겨울의 동해가 보이는 길을 따라 걸으며 대화를 나눕니다. 청년은 군대에서의 힘든 경험과 폭력을 이야기하며, 그로 인해 오가이 모리*의 작품을 싫어하게 되었다고 털어놓습니다. 그는 자신이 받은 굴욕을 일부러 군복을 입으며 더 깊이 체험하는 방식으로 승화했다고 설명하죠. 청년의 엉뚱하고 반항적인 태도에 주인공은 혀를 차면서도 흥미를 느낍니다.

sentence 109

私は、所謂文化講演会だの、座談会だのに出て、人々に民主主義の意義などを説き聞かせるのは、にがてなのである。いかにも自分がにせもので、狸(たぬき)のお化けのような気がして来て、たまらないのである。

나는 소위 문화 강연회나 좌담회에 나가 사람들에게 민주주의의 의미 같은 것을 설파하는 것이 서툴렀다. 마치 자신이 가짜이거나 너구리 요괴 같은 느낌이 들어 견딜 수 없었다.

sentence 110

わざと身をやつして行くのです。水戸黄門でも、最明寺入道でも、旅行する時には、わざときたない身なりで出かけ

---

* 오가이 모리는 메이지기의 거장 소설가이자 육군 군의총감(군의 최고위)을 지낸 의사였고, 『무희』·『한 줌의 흙』·『기러기(雁)』 등의 작품을 남겼다.

るでしょう？　そうすると、旅がいっそう面白くなるのです。遊び上手(じょうず)は、身をやつすものです。

일부러 허름한 차림으로 떠나는 겁니다. 미토 코몬(水戶黃門)도, 사이묘지 뇨우도(最明寺入道)도 여행을 할 때는 일부러 초라한 옷차림으로 나서잖아요? 그렇게 하면 여행이 훨씬 더 재미있어집니다. 노는 데 능한 사람은, 스스로를 낮출 줄 아는 법이에요.

sentence 111

小生意気に見えるんでしょうかね。しかし、軍隊は無茶苦茶ですよ。僕はこんど軍隊からかえって来て、鴎外(おうがい)全集をひらいてみて、鴎外の軍服を着ている写真を見たら、もういやになって、全集をみな叩(たた)き売ってしまいました。鴎外が、いやになっちゃいました。死んでも読むまいと思いました。

제가 좀 건방져 보이나요? 그래도 군대는 정말 엉망이었어요. 이번에 군대에서 돌아와서, 오가이 전집을 펼쳐봤는데, 거기 실린 군복 입은 오가이의 사진을 보고는 정말 정이 뚝 떨어졌어요. 그래서 전집 전부 헐값에 팔아버렸습니다. 오가이라는 작가가 싫어졌어요. 다시는 읽지 않겠다고 마음먹었습니다.

마침내 청년의 집이자 여관에 도착한 주인공은 그곳의 분위기에 감탄합니다. 여관은 산을 등지고 바다와 인접해 있어 주변 환경이 아름다웠고, 전체적으로 소박하지만 깔끔한 인상을 주었죠.

청년의 서재는 2층 다락방에 있었는데, 책상과 화로, 서적들이 잘 정돈되어 있었으며, 벽에는 샤라쿠의 판화가 걸려 있었습니다. 이 그림은 배우를 그린 것으로, 주인공은 그로테스크한 그림의 표정이 자신을 닮았다는 청년의 농담에 기분이 상하지만 대꾸하지 않습니다. 서재는 겉으로 보기에 훌륭했지만, 주인공은 그것이 지나치게 완벽하게 꾸며져 오히려 실제로는 전혀 사용되지 않는 공간일 것이라 의구심을 품습니다.

청년과 주인공은 화로를 사이에 두고 앉아 대화를 나눕니다. 청년은 주인공에게 추천받은 소설을 읽었다며 칭찬했지만, 곧이어 "이 작가에 비하면 선생님은 거지나 다름없어요"라고 말하죠. 이 솔직하고도 거침없는 발언에 주인공은 어이가 없으면서도 그의 재치 있는 태도에서 흥미를 느낍니다. 이후 주인공은 여관에서 지방의 특산물로 만든 음식과 술을 대접받으며 저녁을 보냅니다.

술에 취해 잠든 주인공은 한밤중에 숙취로 깹니다. 이때 옆방에서 하녀와 젊은 손님의 대화가 들려옵니다. 두 사람은 처음 만난 사이인 듯 어색하면서도 친밀한 대화를 나눕니다. 남자는 귀환한 항공병으로, 고향으로 돌아가기 전 여관에서 하룻밤을 묵고 있었죠. 하녀는 젊은 손님에게 잠을 청하라 조언하지만, 남자는 어머니 이야기를 꺼내며 대화를 이어갑니다. 이 과정에서 그는 어머니가 38세라는 사실을 밝힙니다. 주인공은 그 말을 듣고 충격을 받으며, 이 하녀가 그 젊은 남자의 어머니일지도 모른다고 상상합니다.

주인공은 어둠 속에서 대화를 엿듣다가 하녀와 남자의 관계를 의심하기 시작합니다. 특히 하녀는 손가락 화상에 바를 약을 주겠다는 남자의 제안을 거절하며 전깃불을 켜지 말라고 날카롭게 말하는데, 이 장면에서 주인공은 두 사람의 관계가 단순한 손님과 하녀의 관계를 넘어선다는 느낌을 받습니다. 그는 상황을 자신의 직감으로 해석하며, 하녀와 젊은 손님 사이에 얽힌 감정적 혹은 윤리적 긴장을 느꼈던 것이죠. 하지만 주인공은 이 의심을 확실히 밝힐 방법이 없었기에 더 이상 개입하지 않고 상황이 흘러가게 둡니다.

대화는 한동안 조용히 이어졌습니다. 남자는 화상을 치료할 약을 주겠다는 제안을 반복하며 휘파람을 부는 등 느긋한 태도를 보였고, 하녀는 날이 밝으면 남자가 곧장 고향으로 돌아가야 한다고 강조합니다.
주인공은 옆방의 이 대화를 들으며 점차 피곤해졌고, 자신의 의심이 과도한 상상일지도 모른다고 생각하죠. 결국 주인공은 자신을 진정시키며 다시 잠에 들었고, 이 모든 일이 꿈인지 현실인지조차 헷갈리는 상태에 빠져듭니다.

sentence 112

「僕はね、軍隊で、あんまり殴られるので、こっちも狂人の真似をしてやれと思って、工夫して、両方の眉^{まゆ}を綺麗に剃^そり落して上官の前に立ってみた事さえありました。」
「そりゃまた、思い切った事をしたものだ。上官も呆^{あき}れたろう。」
「呆れていました。」

"저는요, 군대에서 너무 맞다 보니, 이쪽도 미친 사람인 척해보자고 생각했어요. 그래서 양쪽 눈썹을 깔끔하게 밀어버리고 상관 앞에 서본 적도 있습니다."
"그거야말로 대단히 과감한 일을 했구나. 상관도 어이가 없었겠네."
"어이없어하더라고요."

sentence 113

小川君の書斎は、裏二階にあった。明窓浄几、筆硯紙墨、皆極精良、とでもいうような感じで、あまりに整頓されすぎていて、かえって小川君がこの部屋では何も勉強してい

ないのではないかと思われたくらいであった。

오가와 군의 서재는 뒤쪽 2층에 있었는데, 환한 창, 정갈한 책상, 붓과 벼루, 종이와 먹, 모든 것이 정갈하게 갖춰져 있어 도리어 이 방에서는 아무 공부도 하지 않은 게 아닐까 하는 의심이 들 정도였다.

sentence 114

まったく偉い作家だ。僕はいままで知らなかった。もっと早くから読んでおればよかった。万世一系とは、こんな作家の事を言うのです。この作家にくらべたら、先生なんかは乞食^{こじき}みたいだ。

정말 대단한 작가예요. 지금까지 전혀 몰랐습니다. 좀 더 일찍 읽었더라면 좋았을 텐데요. '만세일계(萬世一系)'라는 말은 바로 이런 작가를 두고 하는 말이죠. 이 작가에 비하면 선생님은 거지나 다름없어요.

sentence 115

私は、ひとの容貌^{ようぼう}や服装よりも、声を気にするたちのようである。音声の悪いひとが傍にいると、妙にいらいらして、酒を飲んでもうまく酔えないたちである。

나는 사람의 용모나 옷차림보다도 목소리에 더 민감한 성격인 듯하다. 목소리가 거슬리는 사람이 곁에 있으면 이상하게 신경이 날카로워지고, 술을 마셔도 제대로 취하지 못한다.

sentence 116

「日本の宿屋は、いいなあ。」と男。
「どうして？」
「しずかですから。」
「でも、波の音が、うるさいでしょう？」
「波の音には、なれています。自分の生れた村では、もっともっと波の音が高く聞えます。」

"일본의 여관은 참 좋네요." 남자가 말했다.
"왜요?"
"조용하니까요."
"하지만 파도 소리가 시끄럽지 않나요?"
"파도 소리는 익숙합니다. 제가 태어난 마을에서는 파도 소리가 훨씬 더 크게 들리거든요."

sentence 117

「お母さんは、いくつ？」と女が軽く尋ねた。
「三十八です。」
私は暗闇の中で、ぱちりと眼をひらいてしまった。あの男

が、はたち前後だとすると、その母のとしは、そりゃそうかも知れぬ、その筈(はず)だ、不思議は無い、とは思ったものの、しかし、三十八は隣室の私にとっても、ショックであった。

"어머님은 몇 살이세요?" 여자가 가볍게 물었다.
"서른여덟이요."
나는 어둠 속에서 눈을 번쩍 뜨고 말았다. 그 남자가 스무 살 전후라면 그의 어머니 나이가 그럴 수도 있겠다고, 이상할 건 없다고 생각했지만, 그래도 서른여덟이라는 숫자는 옆방에 있는 나에게도 충격이었다.

sentence 118

「…………」

とでも書かなければならぬように、果して女は黙ってしまった。はっと息を呑(の)んだ女の、そのかすかな気配が、闇をとおして隣室の私の呼吸にぴたりと合った感じがした。

"…………"라도 쓰지 않으면 안 될 듯이, 과연 그 여자는 조용히 입을 다물었다. 숨을 헐떡이며 놀란 듯한 그녀의 희미한 기척이, 어둠을 가로질러 옆방에 있는 나의 호흡과 정확히 맞닿는 듯한 느낌이 들었다.

sentence 119

「電気をつけちゃ、いや！」
するどい語調であった。
隣室の先生は、ひとりうなずく。電気を、つけてはいけない。聖母を、あかるみに引き出すな！

"불 켜면 안 돼요!"
여자의 어조는 날카로웠다.
옆방에 있던 나는 속으로 고개를 끄덕였다. 불을 켜선 안 된다. 성모는 밝은 곳으로 끌어내선 안 된다!

다음 날 아침, 주인공은 늦게까지 누워 있다가 옆방의 젊은 손님이 이미 떠났다는 사실을 알았습니다. 그는 어젯밤 옆방에서 있었던 일을 청년에게 이야기해 그의 반응을 보고 싶었지만, 끝내 이를 실행하지 않기로 하죠. 그는 자신의 의심이 무의미한 오해였을 가능성을 인정하며 굳이 이 일을 문제 삼지 않기로 하고, 자신의 성급한 직감을 반성합니다.

이처럼 지방문화의 독창성과 삶의 기묘함을 동시에 경험한 그는, 항구 마을을 떠나며 이번 경험이 자신에게 남긴 감정과 깨달음을 곱씹습니다.

《어머니》는 전쟁 후 피난 생활이라는 배경에서 지방문화와 인간관계의 복잡성을 탐구하는 작품입니다. 다자이 오사무는 쓰가루 지방에서의 소소한 일상을 배경으로, 지역 특유의 문화적 풍경과 그곳 사람들과의 교류를 통해 인간의 내면적 갈등과 본성을 조명합니다. 작품은 주인공이 피난 중 겪은 독특한 에피소드를 중심으로 전개되며, 여관에서 하룻밤에 벌어진 기묘한 사건은 인간관계의 은밀함과 복잡성을 상징적으로 드러내죠.

이처럼 작품의 중심에는 인간관계에서 드러나는 미묘함과 모호함이 있습니다. 주인공은 여관에서 옆방의 하녀와 젊은 손님의 대화를 우연히 엿듣게 되며, 두 사람의 관계를 추측하고 의심합니다. 그들의 대화는 평범한 일상처럼 보이지만, 하녀의 단호한 태도와 남자의 순수한 반응 사이에는 긴장감이 흐르고, 이는 두 사람의 관계를 단순히 손님과 하녀로 단정 짓기 어렵게 만듭니다.

주인공은 이 관계에 대해 의심하고 상상하지만, 끝내 개입하거나 결론을 내리지 않고 관찰자의 위치에 머무르죠. 특히, 마지막 장면에서 주인공은 "일본 여관이 조용해서 좋았다"라고 말하며 자신이 엿들었던 남자와 하녀의 대화를 그대로 반복하는데요. 이러한 수미쌍관을 통해 실제로 조용하였기에 옆 방의 대화를 들을 수 있었던 어젯밤 사건을 암시함과 동시에, 옆 방의 말소리로 인해 결국 여관이 조용하지 않았던 상황을 역설적으로 표현해 여관 자체를 관찰자로서 바라보며 마무리됩니다. 이러한 결말은 인간관계에서 겉으로 드러나지 않는 감정과 갈등, 그리고 우리가 타인의 내면을 온전히 이해할 수 없다는 한계를 상징적으로 보여줍니다.

또한, 작품은 귀환병이라는 소재를 사용하여 전쟁이 남긴 상처를 드러냅니다. 귀환한 청년은 살아 돌아왔지만, 마음속에서는 여전히 아픔이 남아있습니다. 그와 여관의 여인 사이의 짧은 대화와 침묵은, 수상한 관계에 대한 긴장감을 유발하는 한편, 여인이 '어머니'처럼 인간에 대한 연민과 위로를 품은 존재로 그려지며 귀환병의 상처를 치유하죠.

다자이는 이미 여러 차례 자살 시도를 하며 생존과 죽음, 존재와 부재 사이에서 고민하였습니다. '어머니'라는 보호적 존재와 '귀환병'이라는 상처 난 존재의 대조, 그 사이에서 관찰자로 머무는 주인공. 이 모든 인물의 흐름은 결국 다자이가 자기혐오와 연민을 반영한 것이 아니었을까요.

결국 《어머니》는 주인공과 오가와 군의 장면들, 귀환병과 여인의 대화를 통해 인간다움의 본질을 탐구한 작품입니다. 전쟁이 남긴 상처, 인간관계의 모호함, 그리고 그 안에서 피어나는 연민과 이해의 가능성이 작품 전반을 관통합니다.

따라서 우리는 이 작품을 통해 삶에서 발생하는 복잡한 감정을 직시하고, 그것을 인정하는 태도가 얼마나 중요한지 배울 수도 있죠. 또한, 현대 사회에서 잃어버린 인간적 교감과 관계의 중요성을 깨달을 수도 있고요.

🕯 내 문장 속 다자이 오사무

작품의 주제를 담고 있는 아래 문장을 읽고, 자기만의 방식으로 의역하거나 필사하면서 다자이 오사무의 문장을 마음에 새겨보세요.

sentence 120

私は隣室のあの事を告げて小川君を狼狽させる企てを放棄していた。そうして言った。
「日本の宿屋は、いいね。」
「なぜ？」
「うむ。しずかだ。」

나는 옆방에서 있었던 그 일을 오가와 군에게 알려 그를 곤란하게 만들려던 계획을 아예 포기했다. 그리고 이렇게 말했다.
"일본 여관은, 참 좋군."
"왜요?"
"응, 조용하더군."

고독이 가족을
사랑하는 방식

3-3

兄たち_셋째 형 이야기

아버지를 일찍 여의었지만, 형이 셋이나 있는 주인공이 있습니다. 주인공의 큰형은 가족의 중심축이자 지도자와 같은 역할로, 아버지가 세상을 떠난 후 가족의 생계를 책임지며 일찍 철이 든 인물입니다. 그는 젊은 나이에 읍장과 현의회 의원이 되어 정치적 재능을 발휘했으며, 가족 내에서는 아버지의 부재를 채우는 든든한 존재였습니다. 큰형은 조용하고 책임감 있는 성격으로 동생들에게 신뢰를 주었으며, 형제들이 의지할 수 있는 보호자이죠. 이러한 큰형의 능력은 다양한 개성과 삶의 방식을 가진 형제들이 하나로 묶이게 해줍니다.

둘째 형은 호쾌하고 대담한 성격의 소유자로, 다른 형제들보다 활달한 에너지를 가졌습니다. 그는 타고난 친화력을 통해 큰형을 보조하는 동시에 사회적 교류를 위한 중요한 역할을 맡습니다. 문학과 예술에도 깊은 관심이 있었던 둘째 형은 다니자키 준이치로와 요시이 이사무의 작품을 애독했으며, 이들의 정서에 깊이 공감하고 있었습니다. 한편으로는 술자리에서 호탕한 성격을 드러내며 형제들 사이에 활력을 불어넣는 인물이기도 한데요. 그는 타고난 유머 실력으로, 가족 구성원의 정서적 버팀목이 되었습니다.

셋째 형은 허세와 유머로 가득 찬 독특한 성격의 소유자로, 자신만의 세계가 명확했던 인물입니다. 그는 자신이 제작하는 잡지 「아옴보(青んぼ)」의 표지 그림을 그리거나 가명으로 소설을 발표하는 등 예술가적 열정을 드러냈습니다. 특히 신비화(Mystification)라는 기법을 활용하여 허구와 진실을 섞은 독특한 방식을 고수했습니다. 이러한 독특함은 자기 내면의 고독과 불완전함을 감추기 위한 수단이었죠. 그는 예술과 삶을 명확히 구분하지 않고, 자신의 삶을 연극처럼 연출하곤 했습니다.

sentence 121

兄たちは、みんな優しく、そうして大人びていましたので、私は、父に死なれても、少しも心細く感じませんでした。長兄を、父と全く同じことに思い、次兄を苦労した伯父さんの様に思い、甘えてばかりいました。

형들은 모두 다정하고 어른스러웠기 때문에, 아버지를 잃었어도 나는 조금도 외롭다고 느끼지 않았다. 큰형을 아버지와 다름없다고 생각했고, 둘째 형은 고생이 많은 삼촌처럼 여기며 형들에게 늘 의지하고 있었다.

sentence 122

私には、なんにも知らせず、それこそ私の好きなように振舞わせて置いてくれましたが、兄たちは、なかなか、それどころでは無く、きっと、百万以上はあったのでしょう、その遺産と、亡父の政治上の諸勢力とを守るのに、眼に見えぬ努力をしていたにちがいありませぬ。

형들은 나에게 아무것도 알려주지 않고, 그야말로 내가 하고 싶은 대로 행동하게 해주었다. 하지만 형들은 전혀 그럴 형편이 아니었다. 아마도 백만 이상은 되었을 그 유산과 아버지의 정치적 영향력을 지키기 위해 눈에 보이지 않는 노력을 하고 있었음이 분명했다.

sentence 123

長兄は、それでも、いつも暗い気持のようでした。長兄の望みは、そんなところに無かったのです。長兄の書棚には、ワイルド全集、イプセン全集、それから日本の戯曲家の著書が、いっぱい、つまって在りました。長兄自身

も、戯曲を書いて、ときどき弟妹たちを一室に呼び集め、読んで聞かせてくれることがあって、そんな時の長兄の顔は、しんから嬉しそうに見えました。

큰형은 그래도 언제나 마음속이 어두운 듯했다. 그의 바람은 그런 곳에 있지 않았기 때문이다. 큰형의 책장에는 와일드 전집, 입센 전집, 그리고 일본의 희곡 작가들의 저서들이 가득 꽂혀 있었다. 큰형 자신도 희곡을 써서, 때때로 동생들을 한 방에 불러 모아 들려주는 일이 있었고, 그런 순간의 큰형 얼굴은 진심으로 기쁜 표정으로 보였다.

sentence 124

おれは、ことし三十になる。孔子は、三十にして立つ、と言ったが、おれは、立つどころでは無い。倒れそうになった。生き甲斐^{がい}を、身にしみて感じることが無くなった。強いて言えば、おれは、めしを食うとき以外は、生きていないのである。ここに言う『めし』とは、生活形態の抽象でもなければ、生活意慾の概念でもない。直接に、あの茶碗一ぱいのめしのことを指して言っているのだ。

나는 올해 서른이 된다. 공자는 '서른에 자립한다'라고 했지만, 나는 자립은커녕 쓰러질 것만 같다. 삶의 보람을 뼛속 깊이 느끼는 순간이 전혀 없어졌다. 굳이 말하자면, 나는 밥을 먹는 순간 외에는 살아 있지 않은 것이다. 여기서 말하는 '밥'은 삶의 형태를 추상적으로 표현한 것도, 생활 의욕이라는 개념도 아니다. 그저 밥그릇에 담긴 밥 한 공기를 말하는 것이다.

주인공 가족이 발간한 잡지 「아옴보(青んぼ)」는 가족 구성원들의 개성을 한 데 모아낸 독특한 동인지로, 셋째 형뿐만 아니라 형제 모두가 참여한 창작물이었습니다.

셋째 형은 편집장으로서 전체적인 기획과 원고 관리를 맡아 잡지의 중심 역할을 했고, 가족으로부터 다양한 글과 그림을 모아 편집했습니다. 그는 잡지의 표지와 삽화 또한 담당하여 예술적 감각을 발휘했으며, 가끔 짧은 소설을 발표하기도 했죠.

잡지의 제목부터 형제들의 유머와 개성이 담겨 있었으며, 창간호에는 큰형의 수필, 셋째 형의 시와 소설, 그리고 다른 가족의 여러 작품이 실렸습니다. 「아옴보」는 단순한 가족 잡지를 넘어 형제들이 각자의 세계를 표현하고 공유하는 창구임과 동시에 그들만의 유머와 허세가 담긴 공간이기도 했습니다. 예를 들어, 셋째 형은 종종 잡지의 교정 작업 중 자신의 시를 읽으며 멜로디를 붙여 불렀고, 이 모습은 형제들에게 큰 웃음을 주었습니다.

잡지는 진지함과 가벼움 사이의 경계선에 놓인 독특한 예술적 표현물이었으며, 그 안에는 각자가 느끼는 삶의 애환과 열정이 담겨 있었습니다. 이러한 작업은 가족이 서로를 이해하고 연결하는 데 중요한 역할을 했고, 형제들이 다른 삶을 살았음에도 불구하고 하나로 묶이는 상징적인 결과물로 남았죠. 이 과정에서 형제들은 다양한 분야의 예술에 관한 견해를 나눌 수 있었으며, 보다 충만하게 대화할 수 있었습니다.

sentence 125

　次兄は、酒にも強く、親分気質の豪快な心を持っていて、けれども、決して酒に負けず、いつでも長兄の相談相手になって、まじめに物事を処理し、謙遜な人でありました。そうしてひそかに、吉井勇の、「紅燈に行きてふたたび帰らざる人をまことのわれと思ふや。」というような鬱勃うつぼつの雄心を愛して居られたのではないかと思われます。

둘째 형은 술도 강하고, 의협심이 넘치는 호탕한 성격의 사람이었다. 하지만 결코 술에 휘둘리지 않았고, 언제나 맏형의 상담 상대가 되어 진지하게 일을 처리하며, 겸손한 사람이었다. 그리고 은밀히, 요시이 이사무의 문장 '홍등가에 갔다가 돌아오지 않는 사람을 진정한 자신이라 여기네'와 같은 울적하고도 뜨거운 사내의 야심을 사랑하고 있었던 것이 아닌가 싶었다.

sentence 126

性質はまじめな、たいへん厳格で律儀なものをさえ、どこかに隠し持っていましたが、それでも趣味として、むかしフランスに流行したとかいう粋紳士風〔プレッシュウ〕、または鬼面毒笑風〔ビュルレスク〕を信奉している様子らしく、むやみやたらに人を軽蔑し、孤高を装って居りました。

성격은 진지하고 매우 엄격하며 성실한 면을 어딘가에 감춰 두고 있었지만, 그럼에도 불구하고 그는 취미로 옛날 프랑스에서 유행했다는 세련된 신사풍의 '프레슈(Précieux)'* 혹은 독설을 품은 희극풍 '빌레스크(Burlesque)'**를 신봉하는 듯한 모습을 보였다. 그래서 공연히 사람들을 경멸하고, 고독한 체하는 태도를 취하곤 했다.

sentence 127

「青んぼ」という雑誌を発行したときも、この兄は編輯長という格で、私に言いつけて、一家中から、あれこれと原稿を集めさせ、そうして集った原稿を読んでは、けッと毒笑していました。

---

* 프레슈(Précieux): 귀족 살롱에서 유행했던 세련된 언어 사용, 과장된 표현, 문학적 말장난 등으로, 겉은 품위 있어 보이지만 실질적으로는 허식이나 과장의 냄새가 남아 있는 태도를 말한다.
** 빌레스크(Burlesque): 진지한 주제를 익살스럽게 혹은 과장하여 풍자하는 장르로, 진지한 주제를 희화화하거나 문체 형식을 뒤틀어 웃음을 유발하는 방식이다.

「아옴보」라는 잡지를 발간할 때도, 이 형은 편집장이라는 직함을 달고는 나에게 온 집안 식구들로부터 이것저것 원고를 모아오라고 시켰다.

다만 셋째 형의 경우, 스물여덟 살이라는 젊은 나이에 세상을 떠났습니다. 주인공은 형의 상태가 급격히 나빠지자 병원 상담까지 받았으나 의사는 태연하게 "4~5일 정도 살 수 있습니다"라고 말할 뿐이었습니다.

이 말을 들은 주인공은 경악하며 곧바로 시골의 큰형에게 전보를 보냈습니다. 큰형이 도착하기 전까지, 주인공은 형의 목에 걸린 가래를 이틀 내내 곁에서 손으로 제거하며 밤을 보냈죠. 어두운 방에서 형은 주인공에게 서랍을 열게 하여 편지와 노트들을 찢어버리게 했고, 주인공은 울면서도 형의 지시에 따랐습니다.

큰형이 도착한 뒤 간호사를 고용하고 친구들이 모여들었지만, 홀로 셋째 형을 돌보던 그 이틀은 지금도 주인공에게 지옥 같은 기억으로 남아 있습니다. 죽음을 앞둔 형은 멈추지 않고 농담을 뱉었습니다. 형은 주인공에게 "다이아 넥타이 핀과 플래티넘 체인이 있으니 너 줄게"라고 말했습니다. 하지만 그것은 존재하지 않는 물건이었고, 형은 죽음의 순간까지도 우아한 허세를 유지하며 주인공을 속였습니다. 주인공은 그 농담에 더욱 슬퍼져서 눈물을 멈출 수 없었고요.

셋째 형은 생전에 한 작품도 완성하지 못했지만, 주인공은 형이 타고난 예술가였다고 생각했습니다. 아름다운 외모와 세련된 취향을 가졌으면서도 이상하게 여자들에게 인기가 없던 형의 모습은 주인공에게 애틋함으로 남았습니다. 형이 죽고 난 뒤의 일들을 상세히 쓰고자 했던 주인공은, 그러한 슬픔이 자신만의 고유한 감정이 아님을 깨닫고 글을 쓰다 멈춥니다. 가족을 잃은 슬픔은 누구에게나 찾아오는 감정이기에, 자랑처럼 이야기하는 것이 부끄러웠던 것이죠.

셋째 형의 죽음 이후, 주인공은 큰형이 시골집으로 보낸 전보 내용을 선명히 기억하고 있습니다. 전보에는 간단히 "케이지, 오늘 새벽 4시 사망"이라는 문장이 적혀 있었지만, 그 문장 뒤에 담긴 슬픔과 무게는 단순하지 않았습니다. 당시 서른셋이었던 큰형은 이 전보를 작성하던 중 갑자기 손을 떼고 오열하기 시작했습니다. 큰형은 평소 단단한 성격으로 알려져 있었지만, 막상 동생의 죽음을 받아들이는 순간 무너져버린 것이죠. 큰형의 오열은 가장으로서의 책임감과 잃어버린 동생에 대한 비통함이 폭발한 순간이었습니다.

아버지를 일찍 잃은 형제들은 어린 나이에 각자의 역할을 부여받고, 스스로를 지탱하며 살아왔습니다. 큰형은 젊은 나이에 가정을 이끌어야 했고, 둘째 형은 그를 도우며 가족의 중심을 지켰습니다. 셋째 형은 예술과 문학이라는 자신의 세계에 갇혀, 허세와 유머, 농담으로 고독을 감췄습니다.

주인공은 이런 형들의 뒷모습을 어렴풋이 보며 자랐고, 셋째 형의 죽음을 통해 그들이 얼마나 많은 짐을 짊어지고 있었는지 비로소 깨닫습니다. 주인공은 아버지가 없는 집안에서 셋째 형이 예술이라는 도피처를 선택했지만, 그 도피가 형의 고독을 완전히 치유하지 못했음을 알게 되죠.

sentence 128

そうして集った原稿を読んでは、けッと毒笑していました。私が、やっと、長兄から「めし」という随筆を、口述筆記させてもらって、編輯長のところへ少し得意で呈出したら、編輯長はそれを読むなりけッと笑って。

그렇게 모인 원고들을 읽고는, 형은 '풋' 하고 비웃듯 웃어댔다. 내가 가까스로 첫째 형에게서 '밥'이라는 수필을 받아적은 후 뿌듯한 마음으로 편집장에게 건넸더니, 읽자마자 또 '풋' 하고 웃었다.

sentence 129

この「青んぼ」という変な名前の雑誌の創刊号には、編輯長は自重して小説を発表せず、叙情詩を二篇、発表いたしましたが、どうも、それは、いま、いくら考えてみても傑作とは思えないものなのであります。あの、兄ともあろうお人が、どうしてこんなものを発表する気になったか、私は、いまは残念にさえ思います。

이「아옴보」라는 이상한 이름의 잡지 창간호에서, 편집장은 스스로를 절제하여 소설은 발표하지 않고, 서정시 두 편만 발표했다. 하지만 그 시들은 아무리 지금 다시 생각해봐도 뛰어난 작품이라고는 도저히 생각되지 않는 것이었다. 그 형님 같은 분이 어째서 이런 것을 발표할 마음이 들었을까, 지금에 와서는 안타깝기까지 한다.

sentence 130

甚(はなは)だ、書きにくいのでありますが、それは、こんな詩なのであります。「あかいカンナ」というのと、「矢車の花いとし」というのと、二つでありますが、前者は「あかいカンナの花でした。私の心に似ています。云々。」なんだか、とても、書きにくい思いなのですが、後者は、「矢車の花いとし。」

참으로 적기 어려운 마음이지만, 그 시는 이러했다. 「붉은 칸나(あかいカンナ)」와 「사랑하는 수레국화꽃(矢車の花いとし)」 두 편이었는데, 전자는 "붉은 칸나 꽃이었습니다. 제 마음을 닮았어요" 따위의 내용이었다. 무언가 몹시 쓰기 부끄럽기도 한데, 후자의 시작은 이렇다. "사랑하는 수레국화꽃이여…"

sentence 131

私は、高等学校へはいってからは、休暇になっても田舎へ帰らず、たいてい東京の戸塚の、兄の家へ遊びに行って、そうして兄と一緒に東京のまちを歩きまわりました。兄は、ずいぶん嘘をつきました、銀座を歩きながら。

나는 고등학교에 들어간 뒤로는 방학 때도 시골에 돌아가지 않고, 대부분 도쿄의 도쓰카에 있는 형의 집에 놀러 가서 형과 함께 도쿄 거리를 돌아다녔다. 형은 꽤 거짓말을 잘했는데, 긴자를 걸으면서도 마찬가지였다.

sentence 132

兄は、いつでも、無邪気に人を、かつぎます。まったく油断が、できないのです。ミステフィカシオンが、フランスのプレッシュウたちの、お道楽の一つであったそうですから、兄にも、やっぱり、この神秘捏造^{ミステフィカシオン}の悪癖が、争われなかったのであろうと思います。

형은 언제나 천진난만하게 사람을 골탕 먹이곤 했다. 정말이지, 방심할 수가 없었다. Mystification, 즉 '신비화'는 프랑스의 교양 있는 사람들의 기호 중 하나였다고 하니, 형에게도 역시, 이 '신비화'라는 나쁜 버릇이 없지 않았던 것이라 생각된다.

sentence 133

兄がなくなったのは、私が大学へはいったとしの初夏でありましたが、そのとしのお正月には、応接室の床の間に自筆の掛軸を飾りました。半折に、「この春は、仏心なども出で、酒もあり、肴(さかな)もあるをよろこばぬなり。」と書かれていて。

형이 세상을 떠난 것은 내가 대학에 입학한 해 초여름이었는데, 그해 설날에는 응접실 도코노마(일본식 장식공간)에 자필로 쓴 족자를 걸었다. 반쪽 크기의 족자에는 "이번 봄에는 불심도 깃들고, 술도 있고 안주도 있으니 기쁘지 아니한가"라고 쓰여 있었다.

sentence 134

なんにも作品残さなかったけれど、それでも水際立って一流の芸術家だったお兄さん。世界で一ばんの美貌を持っていたくせに、ちっとも女に好かれなかったお兄さん。

아무 작품도 남기지 못했지만, 그럼에도 누구보다 눈부신, 진정한 예술가였던 우리 형님. 세상에서 가장 아름다운 얼굴을 가지고 있었으면서도, 한 번도 여자에게 사랑받지 못했던 그 형님이었다.

주인공은 셋째 형의 허세와 농담으로 가득했던 삶이 단순히 가벼운 유흥이 아니라, 그만의 예술적 방식이자 고독을 견디기 위한 도구였음을 비로소 알게 됩니다. 형제들은 아버지를 여의고 각자 살아가는 방식을 선택했지만, 그 선택이 모두를 구원하지는 못했죠. 셋째 형의 삶과 죽음은 주인공에게 가족 간의 유대와 인간의 고독, 그리고 예술의 의미를 되새기게 하며 깊은 인상을 남겼습니다. 주인공은 형의 마지막 농담과 미완성된 작품을 떠올리며, 형이야말로 가장 진정한 예술가였다고 말합니다.

《셋째 형 이야기》는 가족 간의 유대와 예술적 열망, 그리고 삶과 죽음의 경계에서 벌어지는 인간의 감정을 서술한 작품입니다. 셋째 형의 허세와 유머, 예술적 열정으로 가득 찬 삶을 조명하던 이야기에서 죽음이 가까워질수록 형의 내면이 섬세하게 드러나죠. 작품은 주인공과 셋째 형의 관계를 통해 가족의 의미를 재조명하고, 동시에 삶과 예술, 고독이라는 주제를 복합적으로 다루고 있습니다.

작품의 중심에는 셋째 형의 독특한 성격과 삶의 방식이 자리 잡고 있습니다. 그는 허세와 농담으로 가득 채운 일상에서 예술을 자신의 도피처로 삼으며 살아갑니다. 형은 진지함과 유머를 자유롭게 오가며, 허구와 현실을 뒤섞어 자신의 삶을 연극처럼 연출하죠. 그러나 그 이면에는 불완전함이 자리 잡고 있었고, 죽는 순간까지 가슴 속 고독을 농담으로 덮으려 애씁니다. 이러한 형의 모습은 주인공에게 슬픔과 애정을 동시에 느끼게 하며, 형의 삶이 그저 허세와 유머로 가득했던 것이 아니라 진정성을 담고 있었다는 사실을 깨닫게 해줍니다. 보호 속에 자랐던 막냇동생이 셋째 형의 죽음으로 비로소 형들과 자신의 실존을 마주하고 성장하게 된 것이죠.

작품은 셋째 형의 죽음 이후에도 그가 남긴 삶의 흔적을 통해 인간 존재의 본질을 탐구합니다. 형은 어떤 완성된 작품도 남기지 못했지만, 그의 삶 자체가 예술처럼 느껴질 만큼 강렬한 인상을 남겼습니다. 형의 미완성된 열정은 단순히 가벼운 행동으로 치부할 수 없으며, 오히려 삶을 풍부하게 만든 요소로 작용하는데요. 이는 예술이 단지 결과물에만 있지 않고, 예술가의 태도와 삶 그 자체에도 존재한다는 메시지를 줍니다.

이처럼《셋째 형 이야기》는 인간의 고독과 예술적 열정을 다룬 깊이 있는 작품입니다. 작가는 셋째 형이라는 한 인물을 통해 인간 존재의 모순과 아름다움을 탐구하며, 예술의 의미를 재조명합니다. 우리는 이 작품을 통해 자신과 타인의 복잡한 내면을 이해하고, 그것을 있는 그대로 받아들이는 태도의 중요함을 느끼게 됩니다.

🕯 내 문장 속 다자이 오사무

작품의 주제를 담고 있는 아래 문장을 읽고, 자기만의 방식으로 의역하거나 필사하면서 다자이 오사무의 문장을 마음에 새겨보세요.

sentence 135

父に早く死なれた兄弟は、なんぼうお金はあっても、可哀想なものだと思います。

일찍 아버지를 여읜 형제는, 아무리 돈이 많아도 역시나 안쓰러운 존재라고 나는 생각한다.

....
....
....
....
....
....

Part. 4
잔인한 미래

희망은 때론 가장
잔인한 거짓말이 된다

로맨스에 갇힌
희망이란 환영

4-1

愛と美について_사랑과 미에 대하여

　서로 다른 개성을 가진 다섯 남매가 있습니다. 그들의 유일한 공통점은 로맨스를 좋아하는 낭만적인 기질을 지니고 있다는 것뿐이었습니다. 그중, 법학사 출신인 장남은 다소 거만한 태도를 보이나 실제로는 감수성이 풍부한 인물입니다. 사람들 앞에서는 냉정한 듯 행동했지만, 감동적인 장면에서는 누구보다 먼저 눈물을 흘리곤 했죠. 그는 가족을 위해 한 발짝 물러선 듯 보이면서도, 은연중에 자신이 이들의 중심이라는 사실을 드러냈습니다.

　차남은 의대에 재학 중이었으나 건강이 좋지 않아 자주 결석하였으며, 다소 냉소적인 태도를 보이는 경향이 있었습니다. 그는 사람들을 쉽게 깔보았고, 형이 불필요한 물건을 비싸게 사 오는 것을 보고 화병이 나는 예민한 면모도 있었습니다. 그럼에도 즉흥적으로 시를 지을 때면 누구보다도 탁월한 감각을 보였으며, 남매들 중 예술성이 가장 뛰어나다고 평가받습니다.

철도청에서 근무하는 장녀는 지나치게 타인을 배려하는 탓에 많이 이용당했습니다. 연애할 때도 상대를 너무 위하는 경향이 있어서인지 배신을 자주 당했습니다. 반면, 차녀는 자존감이 높아, 미스 일본 선발대회에 지원할지 며칠이나 고민한 적이 있었습니다. 그녀는 거울로 자신의 아름다움을 확인하는 것을 즐겼으며, 작은 피부 트러블에도 좌절하였죠. 막내는 이제 갓 고등학교에 입학한 소년으로, 어른스러운 척해도 남매들에게는 귀여워 보일 뿐이었습니다.

sentence 136

長男は二十九歳。法学士である。ひとに接するとき、少し尊大ぶる悪癖があるけれども、これは彼自身の弱さを庇^{かば}う鬼の面^{めん}であって、まことは弱く、とても優しい。弟妹たちと映画を見にいって、これは駄作だ、愚劣だと言いながら、その映画のさむらいの義理人情にまいって、まず、まっさきに泣いてしまうのは、いつも、この長兄である。

장남은 스물아홉이었다. 법학 학위를 가지고 있었다. 사람을 대할 때 조금 거만하게 구는 나쁜 버릇이 있지만, 그건 사실 자신의 나약함을 감추기 위한 가면 같은 거였다. 실제로는 여리고, 정말 상냥한 사람이었다. 동생들과 영화를 보러 가서는 "이건 졸작이야, 너무 유치해"라고 말하면서도, 영화 속 사무라이의 의리와 인정에 감동해 가장 먼저 울어버리는 건 언제나 장남이었다.

sentence 137

生れて、いまだ一度も嘘言(うそ)というものをついたことがないと、躊躇(ちゅうちょ)せず公言している。それは、どうかと思われるけれど、しかし、剛直、潔白の一面は、たしかに具有していた。

그는 태어나서 단 한 번도 거짓말을 해 본 적이 없다고 망설임 없이 말하곤 했다. 사실인지 의심스럽긴 해도, 강직하고 결백한 면이 있는 것도 사실이었다.

sentence 138

弟妹たちを呼び集めて、そのところを指摘し、大声叱咤(しった)、説明に努力したが、徒労であった。弟妹たちは、どうだか、と首をかしげて、にやにや笑っているだけで、一向に興奮の色を示さぬ。いったいに、弟妹たちは、この兄を甘く見ている。なめている風(ふう)がある。

동생들을 불러 모아 그 부분을 가리키며 열정적으로 설명했지만, 전혀 소용이 없었다. 동생들은 "그렇다고?" 하고 고개를 갸웃거리며, 그냥 피식 웃기만 할 뿐 전혀 흥분하는 기색이 없었다. 원래부터 동생들은 이 형을 만만하게 보고 있었다. 얕보는 버릇이 있었다.

sentence 139

けれども、兄妹みんなで、即興の詩など、競作する場合には、いつでも一ばんである。できている。俗物だけに、謂わば情熱の客観的把握^{はあく}が、はっきりしている。自身その気で精進すれば、あるいは一流作家になれるかも知れない。

하지만 형제자매 모두가 즉흥시를 지어 겨룰 때면, 그(둘째)는 언제나 으뜸이었다. 이미 완성되어 있었다. 속물인 만큼, 이를테면 감정의 객관적 파악은 탁월하고 명확했다. 그가 스스로 그 마음으로 정진한다면, 어쩌면 일류 작가가 될지도 모른다.

어느 일요일, 다섯 남매는 거실에 모여 무료함을 달래기 위해 이야기를 짓기로 하였습니다. 즉흥적으로 이야기를 창작하는 것은 이들 가족만의 오랜 전통이었으며, 이날도 자연스럽게 새로운 이야기를 만들어내려 했죠. 장남은 특별한 주인공을 내

세우자고 제안하였고, 차녀는 가장 로맨틱한 존재는 노인이라 며 주인공을 나이 든 남성으로 설정하자고 주장하였습니다. 남매들은 의견을 모아 '노(老)수학자'를 주인공으로 한 이야기를 짓기 시작합니다.

이야기는 한 노수학자가 신주쿠의 맥줏집에서 술을 마시는 장면에서 시작되었습니다. 수학자는 길거리에서 점괘를 파는 어린 소녀에게 점괘 종이를 하나 샀고, 종이를 불에 그슬리자 "바라는 대로"라는 글씨가 나타났습니다. 수학자는 처음에는 대수롭지 않게 여기다가도 마음 한구석에 불길한 예감이 남아 있었죠. 그러나 곧 이를 잊고 다시 술을 마셨고, 취기가 오르자 기분이 좋아진 그는 맥줏집을 나와 신주쿠의 밤거리를 걸어갔습니다.

술에 취한 수학자는 신주쿠 거리의 복잡한 인파 속에서 이리저리 부딪히며 걷습니다. 그러던 중 누군가가 그의 등을 가볍게 두드려 뒤돌아보니, 놀랍게도 예전에 이혼한 아내가 개 한 마리를 품에 안고 서 있었습니다. 수학자는 순간 당황하였으나 이내 아무렇지 않은 척하며 전 아내와 대화를 나누기 시작하죠. 두 사람은 오랜만의 재회에도 불구하고 서먹한 기색 없이 가시 돋친 말을 주고받았습니다.

sentence 140

真なるものを、簡潔に、直接とらえ来ったならば、それでよい。それに越したことがない。

진리를 간결하게, 직접 파악할 수 있다면, 그걸로 충분하죠. 그보다 좋은 건 없어요!

sentence 141

高邁のお志には、いつも逆境がつきまといます。これは、もう、絶対に正確の定理のようでございます。

고매한 뜻을 지닌 이에게는 언제나 역경이 따른다. 이것은 마치 절대적인 정밀한 정리처럼 느껴질 정도이다.

sentence 142

博士は、もともと迷信を信じません。けれども今夜は、先刻のラジオのせいもあり、気が弱っているところもございましたので、ふいとその辻占で、自分の研究、運命の行く末をためしてみたくなりました。人は、生活に破れかけて来ると、どうしても何かの予言に、すがりつきたくなるものでございます。

수학자는 본래 미신을 믿지 않는다. 하지만 오늘 밤은 조금 전

라디오를 들었던 것도 있고 조금 마음이 약해지기도 해서인지 문득 그 점괘로 자신의 연구나 운명이 가는 결과를 시험해보고 싶어졌다. 사람은 생활이 망가지기 시작하면 아무래도 어떤 예언에 의지하고 싶어지기 마련이다. 슬픈 일이다.

sentence 143

　―御幸福？
　―ああ、仕合せだ。おまえがいなくなってから、すべてが、よろしく、すべてが、つまり、おのぞみどおりだ。

"행복하신가요?"
"아아, 행복하지. 당신이 떠난 뒤로 모든 것이 잘 되고 있어. 모든 것이, 그러니까 당신이 바라던 대로 되고 있네."

sentence 144

　よせ、よせ。おまえは、相変らず厭味(いやみ)な女だ。おまえと話をしていると、私は、いつでも脊筋が寒い。プロ。なにがプロだ。も少し気のきいた名前を、つけんかね。無智だ。たまらん。

그만하세요. 여전히 빈정거리는 말투는 여전하네요. 당신과 대화를 나누고 있으면, 저는 언제나 등줄기가 서늘해지는 느낌이에요. '프로'라니요. 도대체 뭐가 '프로'입니까. 조금 더 나은 이름을 붙일 순 없었나요. 무식하군요. 도저히 참을 수가 없어요.

sentence 145

おや、おや。やっぱり、お汗が多いのねえ。あら、お袖なんかで拭いちゃ、みっともないわよ。ハンケチないの？こんどの奥さん、気がきかないのね。夏の外出には、ハンケチ三枚と、扇子、あたしは、いちどだってそれを忘れたことがない。

어머나, 어머나. 역시 땀이 많으시네요. 아이고, 소매로 닦다니, 보기 안 좋아요. 손수건은 없으세요? 이번 부인분은 센스가 없으시네요. 여름에 외출할 땐 손수건 세 장에 부채까지, 나는 한 번도 그걸 빠뜨려본 적이 없어요.

sentence 146

どうも、私は、いまになって考えてみるに、おまえほど口やかましい女は、世の中に、そんなに無いような気がする。おまえは、どうして私を、あんなにひどく叱ったのだろう。私は、わが家にいながら、まるで居候 いそうろう の気持だった。

전부, 당신과 지낼 때보다 풍족해. 아무래도 지금 와서 생각해

보면, 당신만큼 말 많은 여자는 세상에 그렇게 많지 않은 것 같아. 도대체 왜 그렇게까지 나를 심하게 꾸짖었던 것이지? 나는 내 집에 살면서도, 마치 얹혀사는 사람처럼 지냈소.

전 아내는 수학자에게 새 아내를 맞이했냐며 비꼬듯 물었고, 수학자는 직접적인 대답을 피하면서도 이를 부정하지 않았습니다. 수학자는 전 아내가 지나치게 잔소리가 심했다고 불평하며, 연구에 집중할 수 없을 정도로 자신을 억눌렀다고 토로하였죠. 반면 전 아내는 수학자의 불평을 비웃으며, 그가 여전히 자신과 함께했던 시절을 잊지 못하고 있음을 지적하였습니다. 수학자는 이를 부정하였으나, 그녀의 말에 쉽게 반박하지 못한 채 점점 더 격앙되었습니다. 결국 전 아내는 자신도 새로운 삶을 시작한다고 알리게 됩니다.

전 아내는 곧 결혼할 예정이며, 상대는 학문과는 거리가 먼 공장 노동자라고 말하였습니다. 하지만 그는 신뢰할 수 있는 사람이고, 수학자와는 달리 듬직하고 실질적인 삶을 살아가는 사람이라고 덧붙입니다. 수학자는 태연한 척하려 하였으나, 어딘가 씁쓸한 기색을 감추지 못하였죠. 전 아내는 마지막 인사로 수학자의 허리띠가 풀렸다고 알려주며 직접 묶어주었고, 수학자는 손수건을 빌려두겠다고 말한 뒤 그녀와 완전히 헤어졌습니다.

장녀와 차녀는 이야기가 여기서 끝나지 않는다고 하며, 수학자가 헤어진 후의 일을 덧붙였습니다. 수학자가 전 아내와 헤어진 직후 갑자기 소나기가 내립니다. 그는 길을 걷다가 꽃가게 앞에 서서, 처음으로 아내에게 꽃을 사야겠다는 생각을 하였습니다. 결국 장미 세 송이를 산 수학자는 택시를 타고 집으로 향하였습니다. 그의 집은 교외에 있었으며, 도착하니 창문에 불이 환히 켜져 있었습니다.

수학자는 현관문을 열며 힘차게 "다녀왔어!"라고 외쳤지만, 집 안은 조용합니다. 수학자는 꽃다발을 들고 그대로 안쪽 여섯 평짜리 서재로 들어갔죠. 그리고 책상 위에 놓인 사진을 보며 "비를 맞아서 힘들었어. 봐, 장미꽃이야. 모든 게 원하는 대로 잘 풀릴 거라더군." 하고 말을 건네는데요. 사진 속 인물은 조금 전 길에서 이별한 전 아내의 젊은 시절 모습이었습니다.

이야기가 끝나자, 남매들은 갑자기 극심한 허탈함과 권태감을 느꼈습니다. 한동안 흥미롭게 이야기를 지으며 몰입했던 순간이 지나가자, 오히려 더 깊은 무료함이 몰려오는 것입니다. 한편, 조금 전까지 이야기 속 인물을 생생하게 그려냈던 남매들은 그 주인공인 노수학자에게 이상하게도 애착이 생겼습니다. 마치 그가 실존하는 인물이라도 되는 듯, 그가 이후 어떻게 살아갈지에 대한 생각이 머릿속을 맴돌았죠.

sentence 147

ふと、花を買おうか、と思います。お宅で待っていらっしゃる奥さんへ、お土産に持って行けば、きっと、奥さんが、よろこんでくれるだろうと思いました。

문득, 꽃을 사야 할까 하는 생각이 들었다. 집에서 기다리고 있을 아내에게 선물로 가져가면, 분명히 아내가 기뻐해 줄 것 같다고 생각했다.

sentence 148

机の上に飾られて在る写真に向って、話かけているのです。先刻、きれいにわかれたばかりのマダムの写真でございます。いいえ、でも、いまより十年わかいときの写真でございます。美しく微笑ほほえんでいました。

그는 책상 위에 놓인 사진을 향해 말을 걸고 있다. 방금 막 아름답게 이별한 부인의 사진이다. 아니, 하지만 지금보다 10년은 젊었을 때의 사진이다. 아름답게 미소 짓고 있다.

sentence 149

このとき、そっと立って障子をあけ、はっと顔色かえて、
「おや。家の門のところに、フロック着たへんなおじいさん立っています。」

그런데 그 순간, 조용히 일어나 미닫이문을 열고는, 문득 얼굴빛을 바꾸며 말하였다. "어머나, 집 앞에 코트를 입은 이상한 노인이 서 있구나."

그때, 밖에 노인이 서 있다는 어머니의 말씀에 남매들은 깜짝 놀라 자리에서 일어났고, 저마다 창밖을 내다보았습니다. 어둠 속에서 희미하게 보이는 노인의 모습에 순간 모두가 말을 잃었습니다. 조금 전까지 자신들이 만들어낸 이야기 속 노수학자가 떠오르며, 묘한 기분이 든 것이죠.

《사랑과 미에 대하여》는 다섯 남매가 즉흥적으로 창작한 이야기와 현실이 교차하는 순간을 통해 허구와 진실, 가족 간의 관계를 탐구하는 작품입니다. 본격적인 전개는 노수학자를 주인공으로 한 가상의 이야기 짓기에서 시작되는데, 남매들은 각자의 개성과 시각을 반영하여 수학자라는 인물을 세밀하게 구축해 나갑니다. 그러나 이야기가 끝난 순간, 예상치 못한 사건이 벌어지며 허구와 현실의 경계가 흐려지는 분위기를 연출합니다.

남매들이 이야기를 창작하는 과정은 허구가 현실만큼 생생하게 느껴질 수 있음을 보여줍니다. 그들은 노수학자의 감정과 행동, 삶의 방식까지 구체적으로 상상하며 마치 실존하는 인물처럼 그려냅니다. 수학자는 한때 사랑했던 여성과 재회하지만 곧 그녀와 다시 이별하고, 장미꽃을 사서 집으로 돌아온 그는 아내에게 꽃을 건네듯 사진을 향해 말을 걸지만, 사진 속 인물은 이미 떠나간 과거의 모습입니다. 두 사람은 '사랑'을 나누었음에도 서로의 마음이 머무는 세계가 멀리 떨어져 있었던 것이죠.

이로써 작품은 '사랑'이 타자의 고유한 세계에 대한 인식임을 나타내며, 작중 인물들이 만들어내는 허구의 이야기가 현실의 인간관계를 무의식중에 반영하고 있다는 것을 보여주기도 합니다.

오늘날, 현대인들은 무수한 이야기 속에서 살아갑니다. 영화나 소설을 통해 상상의 세계를 경험하고, SNS를 통해 스스로를 하나의 이야기로 지어가기도 합니다. 작품 속 남매들이 창작 과정에서 서로 다른 관점을 반영했듯이, 우리가 만들어 가는 이야기 또한 현실보다 더 사실 같은 모습을 담아낼 수도 있습니다. 이 작품은 우리가 경험하는 허구가 단순한 상상이 아니라 현실을 이해하고 해석하는 중요한 도구가 될 수 있음을 보여줍니다.

따라서 단순히 이야기를 소비하는 데 그치지 않고, 스스로 이야기를 지어보고 그것이 우리의 현실과 어떻게 연결될 수 있는지를 시도해 보면 어떨까요? 다자이 오사무 또한 평생 사랑과 자기혐오, 존재의 고독을 허구의 소설이라는 글로 반복해서 탐구했습니다.

이 작품에서 보이는 '타인일 수밖에 없다'라는 인식이 그가 스스로 느꼈던 인간관계의 한계를 반영했던 것처럼, 우리가 지어갈 이야기 또한 우리가 모르던 내면을 끌어내며 삶에 영향을 미칠 수도 있지 않을까요.

🕯 내 문장 속 다자이 오사무

작품의 주제를 담고 있는 아래 문장을 읽고, 자기만의 방식으로 의역하거나 필사하면서 다자이 오사무의 문장을 마음에 새겨보세요.

sentence 150

> あたし、いま、はっきり、わかったわ。あなたと、あたしは、他人なのね。いいえ、むかしから他人なのよ。心の住んでいる世界が、千里も万里も、はなれていたのよ。

나, 지금 확실히 알았어요. 당신과 나는 남이었어요. 아니, 예전부터 남이었죠. 마음이 사는 세계가, 천 리도, 만 리도 떨어져 있었던 거예요.

....

....

....

....

....

....

희생이라는 촛불의 심지 끝, 타지 않은 나 자신을 발견하다

4-2

ヴィヨンの妻_비용의 아내

아내는 한밤중에 남편이 술에 취해 돌아오는 소리에 잠에서 깼습니다. 남편은 거칠게 숨을 몰아쉬며 방을 뒤지다가 바닥에 주저앉고는, 평소와 달리 아내에게 다정한 말투로 인사를 건네며, 아이의 열은 내렸느냐고 물어옵니다. 남편이 이렇게 아이를 걱정하는 것은 드문 일이었기에, 아내는 오히려 불길한 생각이 들었죠. 그때 갑자기 문밖에서 남편을 찾는 다급한 여자 목소리가 들렸습니다.

낯선 여자는 무서운 말투로 남편을 찾았고, 또 다른 남자의 목소리도 이어졌습니다. 남편이 어찌할 줄 몰라 하며 대답하자, 여자는 "농담할 생각 말고 당장 돈을 돌려달라"라고 단호하게 말했습니다. 아내는 놀란 마음을 감춘 채 조용히 상황을 지켜봅니다. 남편이 협박까지 하며 물러가라고 소리쳤지만, 남자는 경찰에 신고하겠다며 더욱 강하게 나왔습니다. 황급히 신발을 신은 남편은 주머니에서 작은 칼을 꺼내 휘두르고는 도망치듯 집을 나갔죠.

남편이 달아나자 남자와 여자는 격분하여 따라가려 했습니다. 하지만 아내는 당황한 나머지 맨발로 나서서 그들을 붙잡고 다칠 수도 있다고 경고했습니다. 여자는 망설였고, 남자는 분을 삭이지 못한 듯 경찰에 신고하겠다며 중얼거렸습니다. 아내는 그들을 집 안으로 들여 자세한 이야기를 듣고 싶다고 했고, 두 사람은 서로를 바라보다가 마지못해 고개를 끄덕입니다.

sentence 151

夫は、隣の部屋に電気をつけ、はあっはあっ、とすさまじく荒い呼吸をしながら、机の引出しや本箱の引出しをあけて搔かきまわし、何やら捜している様子でしたが、やがて、どたりと畳に腰をおろして坐ったような物音が聞えまして、あとはただ、はあっはあっという荒い呼吸ばかりで、何をしている事やら、私が寝たまま。

남편은 옆방의 불을 켜더니 헉헉, 하고 거친 숨소리를 내며, 책상과 책장의 서랍을 마구 뒤지면서 무언가를 찾고 있는 듯했다. 이윽고 다다미 위에 털썩 주저앉는 소리가 들려왔고, 이후로는 숨을 거칠게 몰아쉬는 소리만 계속해서 들릴 뿐이었다. 내가 잠든 척하는 사이 뭘 하는 걸까.

sentence 152

けれどもその夜はどういうわけか、いやに優しく、坊やの熱はどうだ、など珍しくたずねて下さって、私はうれしいよりも、何だかおそろしい予感で、脊筋が寒くなりました。

그날 밤은 어쩐 일인지, 남편이 유난히 다정하게 굴었다. "아들 열은 좀 어떤가?" 하고 오랜만에 다정히 물어와서, 나는 기쁘다기보다 왠지 모를 불길한 예감이 들어 등줄기가 서늘해졌다.

sentence 153

他の事とは違う。よその家の金を、あんた、冗談にも程度がありますよ。いままでだって、私たち夫婦は、あんたのために、どれだけ苦労をさせられて来たか、わからねえのだ。それなのに、こんな、今夜のような情ねえ事をし出かしてくれる。先生、私は見そこないましたよ。

다른 일이면 몰라도, 남의 집 돈에 손대다니, 농담에도 정도가 있어요. 지금까지 우리 부부가 선생님 때문에 얼마나 고생했는지 아십니까? 그런데도 오늘 밤 같은 비열한 짓을 하시다니, 저는 선생님께 완전히 실망했습니다.

두 사람은 작은 식당을 운영하는 부부였습니다. 남자는 자신들을 소개하며, 남편이 가게에서 외상을 지고 갚지 않았다고 했습니다. 처음에는 그저 단골손님이라 생각했지만, 점점 무리한 요구를 하더니 끝내 돈까지 훔쳐 달아났다는 것이었죠. 아내는 미안한 마음에 고개를 숙이며 사과했지만, 남자는 "당신이야말로 어떻게 그런 사람과 살고 있느냐"라며 오히려 그녀를 안타까워했습니다.

자초지종을 들은 아내는 어떻게든 상황을 수습해야 한다고 생각했습니다. 그녀는 식당 부부에게 하루만 기다려달라고 부탁하며, 자신이 직접 돈을 돌려주겠다고 약속했죠. 남자는 반신반의하는 듯했지만, 아내의 간절한 태도에 결국 받아들였습니다. 두 사람이 돌아간 후, 아내는 혼자 방에 앉아 깊이 고민하였고, 명확한 해결책이 떠오르지 않자 일단 무작정 집을 나섰습니다.

아내는 아무런 계획도 없이 거리를 걸으며 생각을 정리했습니다. 그러다 우연히 전철역에서 남편의 이름이 적힌 잡지 광고를 발견하고는, 그가 여전히 글을 쓰고 있다는 사실에 감정이 복잡해졌습니다. 아내는 문득 예전처럼 조용한 곳에서 생각을 정리하고 싶어져 오랜만에 공원으로 향합니다. 어린 아들과 함께 벤치에 앉아 있자니, 삶이 막막하게 느껴졌죠. 하지만 언제까지 이렇게 있을 수도 없었기에 다시 걸음을 옮겼습니다.

sentence 154

腐りかけているような畳、破れほうだいの障子、落ちかけている壁、紙がはがれて中の骨が露出している襖^{ふすま}、片隅に机と本箱、それもからっぽの本箱、そのような荒涼たる部屋の風景に接して、お二人とも息を呑んだような様子でした。

썩어가는 듯한 다다미, 찢어진 채 방치된 장지문, 벗겨진 벽지 너머로 드러난 낡은 벽, 종이가 떨어져 골조가 드러난 미닫이문, 한쪽 구석에 놓인 책상과 텅 빈 책장. 황량한 방을 둘러본 두 사람은 말없이 숨을 삼켰다.

sentence 155

割に運がよく暮して来た人間のようにお思いになるかも知れませんが、人間の一生は地獄でございまして、寸善尺魔、とは、まったく本当の事でございますね。一寸^{いっすん}の仕合せには一尺の魔物が必ずくっついてまいります。

비교적 운 좋게 살아온 사람처럼 보일 수도 있겠지만, 인생은 지옥과도 같더군요. '촌선척마(寸善尺魔)'라는 말이 정말 맞습니다. 아주 작은 행복에도 반드시 커다란 불행이 따라오기 마련이지요.

sentence 156

魔物がひとの家にはじめて現われる時には、あんなひっそりした、ういういしいみたいな姿をしているものなのでしょうか。その夜から、私どもの店は大谷さんに見込まれてしまったのでした。

마물이 처음 사람의 집에 나타날 때는, 어쩜 그렇게 조용하고 순진해 보이는 모습으로 오는 걸까요. 그날 밤 이후로, 우리 가게는 완전히 오타니 씨에게 점찍혀 버리고 말았습니다.

sentence 157

お釣を、と私が言いますと、いや、いい、と言い、それは困ります、と私が強く言いましたら、にやっと笑って、それではこの次まであずかって置いて下さい、また来ます、と言って帰りましたが、奥さん、私どもがあのひとからお金をいただいたのは、あとにもさきにも、ただこの時いちど切り。

거스름돈을 드리겠다고 하자, "아니요, 됐습니다"라고 하더군요. 제가 강하게 사양하자, 그는 히죽 웃으며, "그럼 다음번 올 때까지 맡아 주세요. 또 올 테니까요"라고 말하며 돌아갔습니다. 부인, 저희가 오타니 씨에게 돈을 받은 건 그때 단 한 번뿐이었어요.

sentence 158

ですけれども、やはり、何だかどうもあの先生は、私にとっても苦手(にがて)でして、もうこんどこそ、どんなにたのまれてもお酒は飲ませまいと固く決心していても、追われて来た人のように、意外の時刻にひょいとあらわれ、私どもの家へ来てやっとほっとしたような様子をするのを見ると、つい決心もにぶってお酒を出してしまうのです。

아무래도 그분은 내게도 영 편치 않은 분이었습니다. 이번만은 아무리 간청을 받아도 술만큼은 내지 않으리라 굳게 마음먹고 있다가도, 마치 쫓겨온 사람처럼 불현듯 예기치 않은 시간에 찾아와, 우리 집에 앉아 겨우 숨을 고르는 듯한 모습을 보면, 어느새 내 결심은 풀리고 말아, 끝내 술을 내어 드리게 되는 것이었죠.

sentence 159

とろとろと、眠りかけて、ふと眼をあけると、雨戸のすきまから、朝の光線がさし込んでいるのに気附いて、起きて身支度をして坊やを背負(おぶ)い、外に出ました。もうとても黙って家の中におられない気持でした。

졸음에 겨워 막 잠들려다 문득 눈을 뜨니, 빗장문 틈으로 아침 햇살이 스며드는 것이 눈에 들어왔다. 나는 일어나 몸을 추스

르고 아이를 등에 업은 채 밖으로 나섰다. 더는 가만히 집 안에 머물러 있을 수 없는 심정이었다.

sentence 160

それは雑誌の広告で、夫はその雑誌に「フランソワ・ヴィヨン」という題の長い論文を発表している様子でした。私はそのフランソワ・ヴィヨンという題と夫の名前を見つめているうちに、なぜだかわかりませぬけれども、とてもつらい涙がわいて出て、ポスターが霞(かす)んで見えなくなりました。

그것은 잡지 광고였고, 남편은 그 잡지에 「프랑수아 비용」이라는 제목의 긴 논문을 발표한 듯하였다. 나는 그 '프랑수아 비용'이라는 제목과 남편의 이름을 바라보는 동안, 이유는 알 수 없었지만, 견디기 힘든 슬픔이 북받쳐 올라 눈물이 차올랐다. 포스터가 흐릿해져 더 이상 보이지 않았다.

고민 끝에 그녀는 식당에 직접 찾아가 보기로 했습니다. 식당을 찾아간 아내는 주인 부부에게 돈을 곧 마련할 수 있으니 걱정하지 말라고 거짓말을 했습니다. 부부는 믿기 어렵다는 표정이었지만, 아내는 자신이 직접 식당에서 일하며 갚겠다고 했죠. 그들의 불안한 시선을 뒤로하고, 그녀는 곧장 일을 시작했습니다.

식당에서 일하는 동안, 아내는 손님들과 자연스럽게 대화를 나누며 분위기를 맞춰갔습니다. 그녀의 활기찬 태도 덕분에 식당은 더욱 붐볐고, 주인 부부도 점차 그녀를 신뢰하였습니다. 그러던 어느 날 밤, 가면을 쓴 남자가 한 여자와 식당에 들어왔습니다. 그녀는 단번에 남편임을 알아차렸지만 아무렇지 않은 척 맞이했죠. 남편과 동행한 여자는 주인 부부와 대화를 나누었고, 이윽고 세 사람이 식당을 나갔습니다.

얼마 지나지 않아 주인은 돌아와 아내에게 "돈을 돌려받았다"라고 말했습니다. 아내는 안도하며 전부 받았는지 물었고, 주인은 씁쓸한 미소를 지으며 "어제 것만"이라고 답했습니다. 아내는 남은 빚을 갚기 위해 계속 식당에서 일하기로 합니다. 단순히 돈을 갚기 위해서가 아니라, 이곳에서 새로운 삶을 시작하려는 마음이 들었기 때문입니다. 식당에서의 생활은 그녀에게 자유와 안정을 주었으니까요.

손님에게 인기도 많았고, 일하는 동안만큼은 복잡한 현실을 잊을 수 있었습니다. 그녀의 활기찬 태도 덕분에 식당은 더욱 붐볐고, 주인 부부도 그녀를 가족처럼 대했습니다.

남편과의 생활은 전과 달라지지 않았습니다. 그는 여전히 술에 취해 다녔고, 무책임한 태도를 보이며 삶을 허비했습니다. 하지만 그녀는 이제 더 이상 그에게 실망하지도, 기대하지도 않았습니다. 남편은 신문을 읽으며 자신을 비난하는 기사에 대해 불평했지만, 그녀는 "우리는 그저 살아가기만 하면 된다"라고 담담하게 말하며, 남편이 어떤 삶을 살든 자신의 길을 가기로 다짐합니다.

sentence 161

　もういいのだ。万事が解決してしまったのだと、なぜだかそう信ぜられて、流石〈さすが〉にうれしく、紺絣〈こんがすり〉の着物を着たまだはたち前くらいの若いお客さんの手首を、だしぬけに強く掴〈つか〉んで、
「飲みましょうよ、ね、飲みましょう。クリスマスですもの。」

이제 됐다. 모든 일이 다 해결되어 버렸다고, 왠지 모르게 그렇게 믿어져서, 왠지 모르게 기뻤다. 그래서 감색 가스리 무늬의 옷을 입은 아직 스무 살도 안 된 젊은 손님의 손목을 불쑥 세게 붙잡고 말했다.
"마셔요, 네? 마셔요. 크리스마스잖아요."

sentence 162

　どうして私はいままで、こんないい事に気づかなかったのかしら。きのうまでの私の苦労も、所詮〈しょせん〉は私が馬

鹿で、こんな名案に思いつかなかったからなのだ。

왜 나는 지금까지 이런 좋은 방법을 떠올리지 못했을까. 어제까지의 나의 고생도, 결국은 내가 어리석어서 이런 훌륭한 생각을 해내지 못했기 때문이었다.

sentence 163

仕事なんてものは、なんでもないんです。傑作も駄作もありやしません。人がいいと言えば、よくなるし、悪いと言えば、悪くなるんです。ちょうど吐くいきと、引くいきみたいなものなんです。

일이라는 건, 별것 아니에요. 걸작도 졸작도 따로 있는 게 아니죠. 사람이 좋다고 하면 좋은 거고, 나쁘다고 하면 나쁜 거예요. 마치 내쉬는 숨과 들이쉬는 숨 같은 거예요.

sentence 164

僕は今だから言うけれども、去年の暮にね、ここから五千円持って出たのは、さっちゃんと坊やに、あのお金で久し振りのいいお正月をさせたかったからです。人非人でないから、あんな事も仕出かすのです。

지금이니까 말하지만, 작년 연말에 내가 여기서 오천 엔을 들고 나간 건, 삿짱(아내)이랑 아이에게 오랜만에 따뜻한 설날을 보내게 해주고 싶었기 때문이에요. 내가 인간이기 때문에, 그런 짓도 하게 되는 거예요.

아내는 더 이상 남편을 원망하지 않기로 했습니다. 그녀는 그저 지금 이 순간을 살아가며, 자신이 할 수 있는 일을 해 나가기로 다짐합니다. 삶은 여전히 거칠고 힘들었지만 이제 두렵지만은 않았습니다. 살아가는 것 자체가 그녀에게는 하나의 선택이었고, 주어진 환경에서 자신만의 방식을 찾아가는 방법을 알게 된 덕분이었죠. 설령 남편이 다시 술에 취해 방황하더라도, 그녀는 이제 자기를 잃지 않을 겁니다.

《비용의 아내》는 남편의 방탕한 삶에서도 묵묵히 버텨온 아내의 시선을 통해, 희생과 독립 사이 복잡성을 탐구하는 작품입니다. 다자이 오사무는 이 작품을 통해 가족이라는 관계에서 개인이 어떤 선택을 하며, 그 선택이 어떻게 삶을 형성해 가는지를 섬세하게 그려냅니다. 동시에 한 여성의 희생을 묘사하는 데 그치지 않고, 현실을 직시하는 과정에서 변화하는 그녀의 내면과 새로운 삶의 가능성을 탐색하는 데 초점을 맞추고 있습니다.

작품은 또한 인간관계의 모순을 조명합니다. 아내는 남편에게 배신당하고 상처받으면서도 그를 완전히 버리지 않습니다.

단순한 애정 때문이 아니라, 두 사람이 공유하는 삶의 흔적과 정서적 유대가 그녀를 붙잡고 있기 때문입니다. 남편 또한 겉으로는 자유로운 듯하지만, 내면에는 죄책감과 두려움을 품고 있었죠. 이러한 관계는 쉽게 끊어낼 수 없는 감정적 연결과 인간 본연의 외로움을 상징적으로 보여줍니다.

작품의 제목에 등장하는 '비용'은 15세기 프랑스 시인 프랑수아 비용(François Villon)을 가리킵니다. 그는 방탕한 범죄자이면서도 인간의 죄와 아름다움을 시로 노래한 인물로, 다자이는 그를 자신의 분신처럼 여겼습니다. 즉, 《비용의 아내》의 '비용'은 다자이 자신이며, 그가 그려낸 주인공은 그를 끝까지 이해하려 한 세상의 마지막 사람이었죠.

이 《비용의 아내》는 다자이가 마지막 연인인 야마자키 도미에와 동거하던 시기에 발표된 작품입니다. 실제로 도미에는 '현실 속 비용의 아내'로 불리며, 그의 자살 동반자로 알려졌죠. 작품 속 주인공의 헌신과 애정은 도미에를 떠올리게 하며, 다자이 자신이 '살고 싶지만 살 수 없는 인간'이었음을 드러냅니다.

그럼에도 그는 이 작품을 통해 삶에 대한 의지를 드러냈는데요. 마지막 대사인 "인간답지 못하면 어떠냐"라는 문장은, 《인간실격》의 "나는 인간으로서 실격되었다"라는 문장과 대조적입니다. 전자가 '그래도 인간은 살아간다'라는 의지를 보여준다면, 후자는 '인간으로 살 수 없다'라는 절망에 가까운 고백입니다.

오늘날 이 작품은 단순한 가정 내 희생의 이야기가 아니라, 삶에서 현대인들은 어떻게 관계를 지속하고, 독립적인 존재로 살아갈 것인가에 관한 질문을 던집니다. 많은 사람이 가족, 사랑, 책임 속에서 자신을 희생하는 삶을 선택하기도 하나 자신의 정체성을 지키고 독립적으로 살아가야 할 필요성도 느끼죠.

작품 속 아내가 점차 자신의 삶을 찾아가듯이, 우리는 자신의 삶을 주체적으로 설계하고 희생과의 균형을 유지하는 법을 배워야 합니다. 관계에서 자신을 잃지 않으면서도 타인과의 유대를 지켜나가는 방법에 대해 고민해야 하죠. 무조건적인 희생이나 도피가 아니라, 서로를 존중하며 현실적인 해결책을 찾아나가는 태도가 오늘날 자신을 지키는 데 가장 중요한 요소이기 때문입니다.

《비용의 아내》가 보여준 변화가 감명 깊었다면 나의 행복을 지키는 방법에 대해 고민해 보는 시간을 가져보는 건 어떨까요?

🕯 내 문장 속 다자이 오사무

작품의 주제를 담고 있는 아래 문장을 읽고, 자기만의 방식으로 의역하거나 필사하면서 다자이 오사무의 문장을 마음에 새겨보세요.

sentence 165

> 私は格別うれしくもなく、「人非人でもいいじゃないの。私たちは、生きていさえすればいいのよ。」と言いました。

나는 별로 기쁘지도 않았고, 그저 "인간답지 못하면 어때. 우리, 살아 있기만 하면 되는 거야"라고 말했다.

무너진 이상 속에
담긴 현실

4-3

老ハイデルベルヒ_늙은 하이델베르크

8년 전, 주인공은 게으른 대학생이었고, 여름 동안 도카이도 미시마의 숙소에서 지내기로 했습니다. 그는 고향의 누나에게 받은 마지막 오십 엔을 손에 쥐고 하숙집을 나왔습니다. 기차를 바로 타고 가면 좋았겠지만, 방향을 잘못 잡아 친숙한 어묵집에 들어갔죠. 그곳에서 친구 셋이 이미 술에 취해 있었고, 그들은 주인공을 놀리며 그의 계획을 물었습니다.

이때, 당황한 마음에 주인공은 "너희들도 가지 않을래?"라는 마음에도 없는 제안을 했고, 갑자기 "나한테 오십 엔이 있어. 고향 누나에게 받은 거야. 다 함께 여행을 떠나자!"라고 외치며 친구들을 끌어냅니다. 이후의 일은 예상하지 못했지만, 그 당시 주인공은 미시마에 가서 소설을 쓰려는 꿈이 있었습니다.

미시마에 사는 청년 다카베 사키치는 술집을 운영합니다. 사키치는 형이 큰 양조장을 운영하는 집안의 막내로, 주인공과 비슷한 처지라서 여러모로 잘 통했습니다. 그는 미시마의 변두리에 아담한 집을 마련하고 술을 팔았는데, 주인공은 사키치의 가게에 가보고 싶다는 이유로 친구 세 명과 기차를 타고 미시마로 향했습니다. 기차가 달릴수록 사키치가 역에 마중 나와 있지 않으면 어떻게 해야 할지 두려워하면서 말이죠. 그러나 미시마역에 도착했을 때 역은 황량하고 아무도 없었습니다.

sentence 166

私は学生鞄(かばん)に着更の浴衣(ゆかた)やらシャツやらを詰め込み、それを持ってふらと、下宿を立ち出で、そのまま汽車に乗りこめばよかったものを、方角を間違え、馴染(なじ)みのおでんやにとびこみました。

나는 학생 가방에 갈아입을 유카타며 셔츠를 챙겨 넣고, 그것을 들고 가볍게 하숙집을 나섰다. 그대로 기차에 올라탔으면 좋았을 텐데, 방향을 잘못 잡고는 친숙한 어묵집으로 들어가 버렸다.

sentence 167

とやけくそになり、しぶる友人達を引張るようにして連れ出してしまいました。あとは、どうなることか、私自身にさえわかりませんでした。あの頃は私も、随分、呑気(のんき)なところのある子供でした。世の中も亦(また)、私達を呑気に甘えさせてくれていました。

나는 막무가내로 친구들을 붙잡고 끌어냈다. 그 후로 어떻게 될지는 나조차도 몰랐다. 그때 나는 꽤나 태평한 구석이 있는 아이였다. 세상도 역시 우리를 응석 부리도록 태평하게 내버려 두고 있었다.

sentence 168

三島には高部佐吉さんという、私より二つ年下の青年が酒屋を開いて居たのです。佐吉さんの兄さんは沼津で大きい造酒屋を営み、佐吉さんは其(その)家の末っ子で。

미시마에는 다카베 사키치 씨라는, 나보다 두 살 어린 청년이 술집을 하고 있었다. 사키치 씨의 형은 누마즈에서 큰 양조장을 경영하고 있었고, 사키치 씨는 그 집의 막내였다.

sentence 169

汽車の進むにつれて私の不安は増大し、そのうちに日も暮れて、三島駅近くなる頃には、あまりの心細さに全身こまかにふるえ始め、幾度となく涙ぐみました。

기차가 달릴수록 불안감이 점점 커졌다. 어느덧 해가 지고, 미시마역에 가까워질 무렵에는 너무나도 막막해서 온몸이 떨리기 시작했다. 몇 번이고 울컥하며 눈물이 차올랐다.

주인공 일행이 황량한 미시마역에서 벗어나려던 순간, 노란색 헤드라이트가 나타났습니다. 버스였습니다. 사키치가 흰 유카타를 입고 멋지게 내리는 모습을 보며 주인공은 안도했죠. 이후, 그들은 친절한 사키치가 안내해 준 코나 온천에 가서 즐거운 시간을 보냈습니다. 하지만 주인공은 친구들의 하숙비와 기차표를 사느라 가진 돈을 모두 썼습니다. 그는 조심스레 사키치에게 그가 머무를 수 있는 방이 있는지 물어보았고, 사키치는 대답 대신 등을 토닥여주었습니다.

그렇게 여름 내내 사키치의 집에서 지내게 된 주인공은 미시마를 아름다운 도시로 기억합니다. 깨끗한 개울이 마을을 가로지르며 흐르고, 전통을 고수하며 평화롭게 살아가고 있는 곳이었죠. 그러나 점차 황폐해지는 마을의 모습은 오래된 주민들이 화려한 풍습만을 고수한 채 게으른 삶을 누리고 있다는 걸 보여주었습니다. 시장에서도 집안 살림을 모조리 뜯어온 것 같은 이상한 물건들이 거래되고 있었습니다.

특히 한 노인이 더러운 저고리를 들고 값을 매기는 광경은 마을이 얼마나 쇠락했는지를 보여줍니다. 사키치의 집은 그런 유흥의 중심지였기에 가족 모두 싸움 잘하는 건장한 인물이라는 소문이 나 있었죠. 그 집에 새로 머무르게 된 주인공 역시 도쿄에서 날렸다는 이야기가 돌았습니다. 하지만 이것은 모두 사키치의 엉뚱한 거짓말이었습니다. 주인공은 이런 이야기들 때문에 불안한 기분을 느끼고 있었습니다.

sentence 170
　私は自身のこの不安を、友人に知らせたくなかったので、懸命に佐吉さんの人柄の良さを語り、三島に着いたらしめたものだ、三島に着いたらしめたものだと、自分でもイヤになる程、その間の抜けた無意味な言葉を幾度も幾度も繰返して言うのでした。

나는 내 이 불안을 친구들에게 들키고 싶지 않아서, 사키치 씨의 인품이 얼마나 훌륭한 사람인지 열심히 이야기했다. 그리고 "미시마에만 도착하면 괜찮아, 미시마에만 도착하면 괜찮아" 하고, 나 자신조차 싫어질 만큼, 그 어리석고 의미 없는 말을 몇 번이고 몇 번이고 되풀이해서 말했다.

sentence 171

昔は東海道でも有名な宿場であったようですが、だんだん寂(さび)れて、町の古い住民だけが依怙地(いこじ)に伝統を誇り、寂れても派手な風習を失わず、謂いわば、滅亡の民の、名誉ある懶惰に耽っている有様でありました。

예전에는 도카이도에서도 유명한 여관이었던 모양이지만, 점점 쇠락하여 마을의 오래된 주민들만이 고집스럽게 전통을 자랑하고 있었다. 쇠락했음에도 화려한 풍습을 버리지 않았으며, 말하자면 멸망해가는 민족이 명예로운 나태에 잠겨 있는 모습이었다.

sentence 172

佐吉さんは自分の家のお酒は飲みません。兄貴が造(こしら)えて不当の利益を貪(むさぼ)って居るのを、此の眼で見て知って居ながら、そんな酒とても飲まれません。げろが出そうだ、と言って、お酒を飲むときは、外へ出てよその酒を飲みます。

사키치 씨는 자기 집 술은 마시지 않는다. 형이 술을 만들어 부당한 이익을 탐하는 모습을 눈으로 보아왔기에, 그런 술은 도저히 입에 대지 못하는 것이다. "속이 뒤틀릴 것 같다"라며, 술을 마실 때는 밖으로 나가 다른 집 술을 마신다.

한편, 미시마에서 열리는 축제를 앞두고 사키치 가게 앞에는 젊은이들이 모여 다양한 계획을 세우고 있었습니다. 전통적인 불꽃놀이와 여러 행사가 예고되며, 마을은 축제 분위기로 들뜨는 참이었습니다.

축제 당일, 젊은이들이 화려한 유카타를 입고 인사하는 모습을 보면서도 주인공은 함께 즐길 수 없어 아쉬웠죠. 아쉬움을 달래고자 2층을 배회하던 그는 사키치의 여동생이 빨래하는 모습을 보고 축제를 보러 가자고 말했습니다. 그러나 여동생은 남자를 싫어한다고 답하며 빨래하는 걸 멈추지 않습니다.

사키치의 여동생은 성숙해 보이며 감독 같은 태도를 유지했고, 사키치도 축제에 반발하는 듯 가게를 쉬고 자전거를 타고 떠납니다. 사키치의 전화를 받은 주인공은 새 유카타로 갈아입고 레인의 술집으로 가게 됩니다. 그리고 그곳에서 무표정하게 술을 마시고 있는 사키치와 그의 동네 친구 에지마를 발견하죠. 에지마는 축제를 경멸하며 자기 별장이 있는 카노가와로 가자고 제안하고, 뒷골목을 지나 에지마의 별장에 도착한 세 사람은 그곳을 관리하는 에지마의 아버지에게 인사한 후 맥주와 요리를 주문합니다.

그들은 에지마의 아버지를 주제로 웃으며 이야기를 나누고, 술을 마시고, 노래를 부르며 시간을 보냅니다. 그러다 맥주가 다 떨어져 저녁노을에 물든 카노가와를 뒤로하고 미시마로 돌아왔습니다. 사키치의 집에 도착하자 그의 어머니가 와 있었고, 주인공은 2층에서 잠들었습니다. 언쟁 소리에 눈을 뜨니 사키치가 어머니에게 오늘 밤 이치모타마 불꽃놀이를 보여주겠다고 고집하며 지붕에 올라가자고 설득하고 있었습니다.

어머니는 주저하다가 결국 사키치에게 업혀 지붕으로 올라갔고, 그의 여동생은 옆에서 킥킥 웃으며 그 광경을 지켜봅니다. 사키치와 어머니의 애틋한 모습에 감동한 주인공은 만족스럽게 잠이 들었고, 미시마는 그렇게 강한 인상을 남겼습니다.

8년 후, 그는 돈을 마련해 아내와 장모님, 처제를 데리고 미시마 여행을 왔지만, 옛 기억이 사라져서인지 황량한 마을로밖에 느껴지지 않았습니다. 친구들과의 추억이 없는 그곳은 낯선 곳처럼 느껴졌고, 아내와 장모님, 처제는 당황한 표정을 짓습니다.

sentence 173

酒好きの人は、酒屋の前を通ると、ぞっとするほど、いやな気がするもんでしょう？　あれと同じじゃ。

술을 좋아하는 사람이 술집 앞을 지나갈 때 오싹할 만큼 불쾌한 기분이 들지요? 그거랑 같은 거예요.

sentence 174

妹さんは、たった二十歳でも、二十二歳の佐吉さんより、また二十四歳の私よりも大人びて、いつも、態度が清潔にはきはきして、まるで私達の監督者のようでありました。

여동생은 겨우 스무 살이었지만, 스물두 살인 사키치 씨보다도, 스물네 살인 나보다도 더 어른스러웠다. 언제나 태도는 단정하고 말끔하며, 마치 우리를 감독하는 사람처럼 보였다.

sentence 175

やがて佐吉さんから私に電話がかかって来て、れいの所へ来いということだったので、私はほっと救われた気持で新しい浴衣に着更え、家を飛んで出ました。

곧 사키치 씨에게서 전화가 걸려와, 예전 그곳으로 오라는 것이었다. 나는 안도감에 구원받은 듯한 기분이 들어, 새 유카타로 갈아입고 집을 뛰쳐나갔다.

sentence 176

やはり今日のお祭の騒ぎに、一人で僻んで反抗し、わざと汚いふだん着のままで、その薄暗い飲み屋で、酒をまずそうに飲んで居るのでありました。

오늘 축제의 소란스러움에, 그는 혼자 삐져서 반항하듯 일부러 지저분한 평상복 차림으로, 그 희미하게 어두운 술집에서 맛없게 술을 마시고 있었다.

sentence 177

それに私も加わり、暫(しばら)く、黙って酒を飲んで居ると、表はぞろぞろ人の行列の足音、花火が上り、物売りの声、たまりかねたか江島さんは立ち上り、行こう、狩野川へ行こうよ、と言い出し、私達の返事も待たずに店から出てしまいました。

거기에 나도 합류하여 잠시 말없이 술을 마시고 있으니, 밖에서는 사람들의 행렬, 발소리, 불꽃놀이 소리, 장사꾼들의 외침이 뒤섞였다. 참지 못한 에지마가 일어나 "가자, 카노가와로 가자"라고 말하며, 우리 대답도 기다리지 않고 가게 밖으로 나가버렸다.

sentence 178

言い争うような声が聞えたので眼を覚まし、窓の方を見ると、佐吉さんは長い梯子(はしご)を屋根に立てかけ、その梯子の下でお母さんと美しい言い争いをして居たのでありました。

말싸움하는 소리가 들려 잠에서 깨어 창쪽을 바라보니, 사키치 씨가 긴 사다리를 지붕에 기대어 세워 놓고, 그 사다리 아래에서 어머니와 아름다운 언쟁을 벌이고 있었다.

sentence 179

私はその親子の姿を見て、ああ、あれだから、お母さんも佐吉さんを可愛くてたまらないのだ。佐吉さんがどんな我儘なふしだらをしても、お母さんは兄さんと喧嘩してまでも、末弟の佐吉さんを庇(かば)うわけだ。私は花火の二尺玉よりもいいものを見たような気がして、満足して眠ってしまいました。

나는 그 모자(母子)의 모습을 바라보다가 생각했다. '아, 저래서 어머니도 사키치 씨를 그렇게 사랑하지 않을 수 없는 거구나.' 사키치 씨가 아무리 제멋대로 굴고 방탕하게 행동하더라도, 어머니는 형과 다투면서까지 막내아들 사키치를 감싸주는 것이다. 나는 마치 불꽃놀이의 대형 폭죽보다도 더 좋은 것을 본 듯한 기분이 들어, 만족한 채 잠이 들었다.

주인공 일행은 사키치의 가게에도 들렀으나 분위기가 예전과 같지 않아 더욱 우울해졌습니다. 낯선 풍경과 사람들 속에서 들려오던 친구들의 웃음소리가 그리웠고, 축제 분위기의 길거리가 생각나 마음이 무거웠습니다. 하루의 끝, 그는 비로소 현재의 소중함을 느끼는 듯합니다. 미시마에서의 경험은 그에게 깊은 의미를 남겼습니다.

《늙은 하이델베르크》는 타지 생활과 인간관계, 그리고 존재의 의미를 탐구한 작품입니다. 이 소설은 자신이 들렀던 여행지를 회상하는 주인공을 통해 사랑과 상실, 그리고 그로 인해 형성된 정체성에 대한 복잡한 감정을 표현하죠. 돈은 없지만 젊음이 있던 그 시절 경험한 일들은 금은보화로도 살 수 없는 보물입니다. 이후 주인공의 문학 집필 기반에 사키치와 어머니의 일화가 자리 잡게 된 것도 이 때문이고요.

특히, 주인공이 과거와 현재를 비교하며 아쉬움을 느끼는 모습은 문학이 단순한 예술 활동이 아닌, 개인의 삶과 깊이 연결된 예술이라는 점을 깨닫게 합니다. 주인공은 과거의 행복한 순간들을 그리워하지만, 동시에 잃어버린 것에 대한 아쉬움과 그 시절에 머물러 있는 자기 자신에 대한 갈등을 경험하죠. 이러한 상반된 감정은 문학이 개인의 내면과 사회적 맥락 속에서 어떻게 작용하는지를 보여줍니다.

또한 마지막 장면에서 등장하는 미시마의 풍경은 외적인 이미지이지만, 작가는 이 풍경을 통해 내면의 감각을 끌어냅니다. 주인공은 풍경이 바뀌었는지, 나 자신이 바뀌었는지 알 수 없다는 불확실성에 대해 고민하는데요. 이는 사회와 개인의 경계가 흐려지는 존재론적 순간을 표현한 것이라 볼 수 있습니다.

결국 《늙은 하이델베르크》는 기억 속 장소, 시간이 만든 감정의 변화, 그리고 그리움과 상실 속에서 인간이 마주하는 자기 존재 등 내면과 추억 속 외면의 상호작용을 탐구하는 작품이라고도 볼 수 있습니다.

이처럼 주인공은 과거의 기억과 현재의 기대 속에서 갈등하지만, 과거로 돌아갈 수 없다는 실망감에도 자신의 존재와 신념을 지켜나가려는 노력을 계속합니다. 비단 문학가뿐만 아니라, 현대를 살아가는 모든 이에게 적용되는 문제이기도 하죠. 그러니 이 작품을 통해 앞으로 살아가면서 어디에 시간의 균형을 둘 것인지, 그리고 자신의 길을 어떻게 지켜나갈 것인지에 관해 고민해 봐야겠습니다.

🕯 내 문장 속 다자이 오사무

작품의 주제를 담고 있는 아래 문장을 읽고, 자기만의 방식으로 의역하거나 필사하면서 다자이 오사무의 문장을 마음에 새겨보세요.

sentence 180

> どこを歩いても昔の香が無い。三島が色褪(いろあ)せたのではなくして、私の胸が老い干乾(ひから)びてしまったせいかもしれない。

거리를 걸어도 과거의 향기는 어디에도 없었다. 미시마의 색이 바랜 것이 아니라, 내 가슴이 늙고 말라버려서 그곳이 의미 없게 느껴졌기 때문인지도 모른다.

부록
다자이 오사무의 생애와 작품 세계

인생은 차디찬 고독이다

부록

다자이 오사무(太宰治, 1909~1948)는 일본 문학의 독보적인 거장으로, 인간의 고독과 절망을 깊이 탐구한 작품을 남겼습니다. 그의 본명은 쓰시마 슈지(津島修治)입니다.

그는 일본 아오모리현의 부유한 가문에서 태어났지만, 어린 시절부터 외로움을 많이 느꼈습니다. 우수한 성적을 거두었음에도 부모의 관심을 충분히 받지 못하면서 성장했기 때문이죠. 이 시기, 그의 가장 큰 관심사는 문학이었습니다. 십 대 시절부터 글쓰기를 즐기며 작가를 꿈꾸기 시작했습니다.

도쿄 대학에 진학한 다자이 오사무는 서양 문학을 공부하며 본격적으로 문학의 길을 걸었습니다. 하지만 학업보다는 문학과 유흥에 몰두했고, 결국 대학을 졸업하지 못합니다. 이때부터 그의 인생은 빠르게 망가졌습니다. 우울증에 시달리던 다자이는 여러 차례 자살을 시도하였습니다. 이러한 고통과 불안은 작품 속 주인공들에게 고스란히 반영된 것이죠. 하지만 어떤 소설도 다자이 오사무의 삶보다 드라마틱할 순 없었습니다.

다자이의 삶은 유흥과 방황의 연속이었습니다. 여러 여성과 관계를 맺었으며, 아내인 후지타 미키와의 결혼 생활은 불안정

했습니다. 두 사람의 잦은 다툼은 다자이에게 커다란 스트레스로 작용했습니다. 또 다른 연인이었던 작가 미조구치 요코와의 관계 역시 순탄하지 않았습니다. 그는 사랑을 갈구했지만, 동시에 관계에서 끊임없는 불안을 느꼈습니다. 이러한 감정들은 마지막 연인인 야마자키 도미에를 만나면서 극대화됩니다.

1948년, 다자이는 연인 야마자키 도미에와 함께 강에 몸을 던졌습니다. 다자이와 도미에는 죽기 전에 유서를 남겼다고 알려져 있는데요. 다자이 오사무의 유서로 전해지는 공식적인 메모나 글귀는 없고, 유서처럼 남겨진 작품이 《인간실격》이라고 평가받습니다.

연인 도미에의 유서는 다음과 같습니다.

야마자키 도미에의 유서*

私ばかりこんなにしあわせな死に方をしてすみません。
서만 이렇게 행복한 죽음을 맞이하게 되어 죄송합니다.

奥名ともうすこし長い生活ができて、愛情でもふえてきましたらこんな結果ともならずにすんだかもわかりません。
오쿠나(다자이 오사무 애칭)와 좀 더 긴 시간을 함께 보냈다면, 그리고 사랑이 더 깊어졌다면, 이런 결과는 피할 수 있었을지도 모릅니다.

---

* 이 유서는 1947년 8월 29일에 작성되었다.

山崎の姓に返ってから死にたいと願っていましたが……、
저는 '야마자키'라는 성으로 돌아간 후 죽기를 바랐지만……

骨は本当は太宰さんのお隣にでも入れて頂ければ本望なのですけれど、それは余りにも虫のよい願いだと知っております。
사실은 제 뼈를 다자이 선생님 곁에 묻어주셨으면 하는 것이 제 소원이지만, 그것이 너무 염치없는 바람이라는 것도 알고 있습니다.

太宰さんと初めてお目もじしたとき他に二、三人のお友達と御一緒でいらっしゃいましたが、
다자이 선생님과 처음 만났을 때, 두세 명의 친구분과 함께 계셨습니다.

お話を伺っておりますときに私の心にピンピン触れるものがありました。
그분들과 이야기를 나누는 동안, 제 마음 깊숙이 강한 울림이 전해졌습니다.

奥名以上の愛情を感じてしまいました。
저는 오쿠나 이상으로 깊은 사랑을 느껴버렸습니다.

御家庭を持っていらっしゃるお方で私も考えましたけれど、
다자이 선생님께서는 가정을 가진 분이시기에 저도 고민했습니다.

女として生き女として死にとうございます。
하지만 저는 여자로서 살고, 여자로서 죽고 싶습니다.

あの世へ行ったら太宰さんの御両親様にも御してきっと信じて頂くつもりです。
저승에 가면 다자이 선생님의 부모님께 인사드리고, 꼭 제 진심을 믿어주실 수 있도록 하겠습니다.

愛して愛して治さんを幸せにしてみせます。
저는 선생님을 깊이 사랑하고, 사랑해서, 꼭 행복하게 해드리겠습니다.

せめてもう一、二年生きていようと思ったのですが、
적어도 한두 해 더 살아보려고 했지만,

妻は夫と共にどこ迄も歩みとうございますもの。
아내는 남편과 함께 어디까지라도 걸어가고 싶은 법입니다.

ただ御両親のお悲しみと今後が気掛りです。
다만, 선생님의 부모님께서 겪으실 슬픔과 이후의 일이 걱정될 뿐입니다.

그의 짧은 생은 비극적으로 끝났지만, 작품은 오래도록 여전히 많은 독자에게 울림을 주고 있습니다. 《인간실격》, 《사양》 등의 작품은 지금도 애니메이션, 영화 등으로 재해석되어 사랑받고 있으며, 인간의 본질을 탐구하는 중요한 기록으로 남아 있습니다.

다자이 오사무의 작품을 읽는다는 것은 인간이라는 존재의 가장 어두운 면을 마주한다는 뜻입니다. 그러나 그것은 비극으로 회피하거나, 슬픔에 침잠하기 위한 독서가 아닙니다. 오히려 그의 글은 외면하거나 눌러왔던 감정들을, 아주 구체적이고 날카로운 언어로 드러내 자기 인식의 기회를 주죠.

다자이 오사무는 고독에서도 인간의 본질을 탐구했던 작가로, 그의 생애와 작품은 우리 삶을 들여다보는 돋보기 역할을 하고 있습니다. 이러한 고뇌와 성찰의 과정은 궁극적으로 우리에게 어떻게 살아가야 하는가에 대한 중요한 메시지를 전달하며, 각자의 삶에서 고독을 직면하고 이해하는 데 도움을 줄 것입니다.

특히 그가 남긴 문장들은 늘 어딘가 균열이 있었습니다. 격식보다는 날것의 고백에 가까웠고, 아름다움보다는 불편한 진실에 가까웠습니다. 그러나 그 지점에서 우리는 위로와 동질감을 느끼죠.

현대를 살아가는 우리는 많은 역할과 기대 속에서 끊임없이 균형 잡으려 애씁니다. 좋은 구성원, 유능한 직장인, 성숙한 관계자. 그러나 내면은 생각보다 자주 흔들리고, 누구에게도 말하지 못하는 불안이나 죄책감은 일상 곳곳에 스며 있습니다. 다자이의 문학은 바로 그런 '보이지 않는 파열'을 말합니다. 삶은 언제나 논리적으로 설명되지 않으며, 때로는 감정이 이성을 압도하는 날이 있다는 것. 그 사실을 그는 누구보다 먼저 인정하고, 문장으로 옮겼습니다.

다자이의 작품은 우리에게 유효한 질문을 던집니다.

"나는 왜 살아가고 있는가?"

이 질문은 단지 철학적 사유의 영역이 아닙니다. 매일의 출근길, 밤늦은 퇴근 후의 허탈함, 인간관계에서 느끼는 소외감 같은 일상에서도 계속해서 떠오릅니다.

《인간실격》이나 《사양》 같은 작품을 통해 드러난 다자이 오사무의 고백은 지금의 심리학에서 말하는 '내면의 자기 이해(self-awareness)'와 닿아 있습니다. 그는 '병든 마음'을 숨기지 않았습니다. 그 마음이 부끄러운 것도, 고쳐야 할 대상도 아니며, 있는 그대로의 인간을 수용하는 일이 가장 진실한 존재 방식임을 보여주었습니다.

그는 결국 삶을 포기했습니다. 하지만 그는 누구보다도 '살고 싶다'라는 욕망에 충실했던 작가였습니다. 글을 쓴다는 행위 자체가 삶을 향한 저항이었고, 문장을 남기는 일이 곧 '버텨내기'였던 사람입니다. 다자이의 마지막 흔적은 강물에 흘러가 사라졌지만, 그의 글은 독자들의 삶에서 여전히 '살아 있는 말'로 남아 있습니다.

이 책이 그 문장의 기억들을 현대의 언어로 다시 읽는 작업이었다면, 그것은 다자이가 자신에게, 그리고 우리에게 묻고 싶었던 것을 다시 되새기는 일이기도 합니다. 이러한 체험은 불완전한 삶에서도 의미를 포기하지 않는 일이 됩니다.

그리고 이 모든 것을 통해 우리는 결국, '살아 있는 존재'로서의 자신을 회복해 나갑니다.

《다자이 오사무, 문장의 기억》은 작가가 남긴 문장들을 다시 짚는 동시에, 오늘을 살아가는 우리 자신을 돌아보는 여정입니다. 그 여정 끝에서 각자 이렇게 말할 수 있기를 바랍니다.

"나는 괜찮지 않을 수 있지만, 그래도 괜찮다."

다자이 오사무 주요작품 연대표

1936   만년(晩年) 작품집

1937   허구의 방황(虛構の彷徨) 작품집
        이십세기 기수(二十世紀旗手) 작품집

1939   사랑과 미에 대하여(愛と美について) 작품집
        여학생(女生徒) 작품집

1940   피부와 마음(皮膚と心) 작품집
        추억(思ひ出) 작품집
        여자의 결투(女の決鬪) 작품집

1941   동경팔경(東京八景) 작품집
        신햄릿(新ハムレット) 장편소설
        치요조(千代女) 작품집

1942   바람의 소식(風の便り) 작품집
        늙은 하이델베르크(老ハイデルベルヒ) 작품집
        정의와 미소(正義と微笑) 장편소설
        여성(女性) 작품집
        신천옹(信天翁) 작품집

1943   후지산 백경(富嶽百景) 작품집
        우대신 사네토모(右大臣実朝) 장편소설

1944   길일(佳日) 작품집
        쓰가루(津軽) 장편소설

1945   새로 쓰는 여러 나라 이야기(新釈諸国噺) 작품집
        석별(惜別) 장편소설
        옛날 이야기(お伽草紙) 작품집

1946   판도라의 상자(パンドラの匣) 장편소설
        완구(玩具) 작품집
        박명(薄明) 작품집

1947   원숭이를 닮은 젊은이(猿面冠者) 작품집
        어릿광대의 꽃(道化の華) 작품집
        오손 선생 언행록(黄村先生言行録) 작품집
        오바스테(姥捨) 작품집
        겨울의 불꽃놀이(冬の花火) 작품집
        낭만 등롱(ろまん燈籠) 작품집
        비용의 아내(ヴィヨンの妻) 작품집
        광언의 신(狂言の神) 작품집
        여신(女神) 작품집
        사양(斜陽) 장편소설

1948   수상록(太宰治随想集) 작품집
        앵두(桜桃) 작품집
        인간실격(人間失格) 장편소설
        여시아문(如是我聞) 수필 및 평론집
        굿바이(グッド・バイ) 장편소설 연재 중 사망

다자이 오사무, 문장의 기억
살아 있음의 슬픔, 고독을 건너는 문장들

초판 1쇄 발행 2026년 01월 02일

엮음 편역 | **박예진**
기획 편집 총괄 | **호혜정**
편집 | **이보슬**
기획 | **김민아 김가영**
디자인 | **정나영**
교정교열 | **민윤재 이우정**
마케팅 | **이지영 김경민**
펴낸곳 | **리텍콘텐츠**
주소 | **서울시 용산구 원효로 162 세원빌딩 606호**
이메일 | **ritec1@naver.com**
홈페이지 | **http://www.ritec.co.kr**
ISBN | **979-11-86151-81-5 (03830)**

센텐스는 리텍콘텐츠 출판사의 문학·에세이 단행본 브랜드입니다.

- 잘못된 책은 서점에서 바꾸어 드립니다.
- 책값은 뒤표지에 있습니다.
- 이 책의 내용을 재사용하려면 사전에 저작권자와 리텍콘텐츠의 동의를 받아야 합니다. 책의 내용을 재편집 또는 강의용 교재로 만들어서 사용할 시 민형사상의 책임을 물을 수 있습니다.

상상력과 참신한 열정이 담긴 원고를 보내주세요. 책으로 만들어 드립니다.
원고투고: ritec1@naver.com